Feridon

FOLIOTHÈQUE

Collection dirigée par
Bruno Vercier
Maître de conférences
à l'Université de
la Sorbonne Nouvelle - Paris III

Montesquieu

Lettres persanes

par Annie Becq

Annie Becq

présente

Lettres persanes

de Montesquieu

Gallimard

Annie Becq est professeur émérite à l'Université de Caen ; auteur d'une thèse sur la *Genèse de l'esthétique française moderne [...] 1680-1814* (Albin Michel, 1994, rééd.), elle a enseigné la littérature française du XVIIIe siècle.

© *Éditions Gallimard,* 1999.

LISTE DES ABRÉVIATIONS

O.C.	*Œuvres complètes* de Montesquieu, édition établie par R. Caillois, Bibliothèque de la Pléiade, 2 vol., Gallimard, 1949-1951.
P.V.	*Lettres persanes*, édition établie par P. Vernière, Classiques Garnier, 1960, rééd. 1975.
Ben. 1.	G. Benrekassa, « Montesquieu et le roman comme forme littéraire », *Roman et Lumières au XVIIIe siècle*, 1970.
Ben. 2.	G. Benrekassa, « Le parcours idéologique des *Lettres persanes* : figures de la socialité et discours politique », *Europe*, 1977. Repris dans *Le Concentrique et l'excentrique*, Payot, 1980.
Ben. 3.	G. Benrekassa, *Montesquieu, la liberté et l'histoire*, Livre de poche, 1987.
Gold. 1.	Jean Goldzink, *La Politique dans les « Lettres persanes »*, Cahiers de Fontenay-Saint-Cloud, 1988.
Gold. 2.	Jean Goldzink, *Charles-Louis de Montesquieu. « Lettres persanes »*, PUF, 1989.

La pagination indiquée entre parenthèses renvoie à l'édition Folio (n° 475) des *Lettres persanes*, établie par J. Starobinski (1973).

Le recueil délicieux des Lettres persanes *jette moins dans les songes que dans les pensées* (Paul Valéry).

INTRODUCTION

Dès leur publication, en mai 1721, les *Lettres persanes* ont connu un énorme succès et, qu'on l'ait lu dans son intégralité ou qu'on se souvienne de quelques extraits singulièrement fringants, ce texte occupe une place fort honorable au panthéon de la littérature mondiale. Dès octobre 1721[1], les rééditions se multipliaient, sans parler des contrefaçons, puis, non moins nombreuses mais un peu plus tardives, sont apparues les « imitations[2] », jusqu'à la fin du siècle des Lumières. Particulièrement apte à subir — pour sa gloire mais aussi son malheur — le dépeçage en « morceaux choisis » à l'usage des classes, le recueil des lettres des voyageurs persans a poursuivi, depuis bientôt trois siècles, une brillante carrière de chef-d'œuvre « littéraire » et vient, tout récemment, de susciter, comme son écrasant cadet, l'*Esprit des lois*, et dans la lignée des Lumières qui ne dissociaient pas ces deux aspects, le commentaire proprement philosophique[3].

1. Voir Dossier, p. 174.

2. Voir Dossier, p. 162-163.

3. C. Spector, *Montesquieu, les « Lettres persanes ». De l'anthropologie à la politique*, PUF, 1997.

UN AUTEUR QUI « BOITE » DÈS QU'ON LE « REGARDE »

Ce premier enfant — peu recommandable ? — n'a pas été reconnu par son auteur. C'est à l'étranger, sans épître dédicatoire ni nom d'auteur, qu'il a vu le jour : à Cologne, selon la page de titre, chez Pierre Marteau, éditeur fictif recouvrant en réalité Jacques Desbordes, à Amsterdam, ou, plus précisément, la veuve de ce dernier (mort en 1718), Suzanne de Caux, issue d'une famille protestante originaire de Dieppe — donc dans le milieu des protestants exilés du Refuge.

Selon l'introduction de 1721, l'anonymat aurait pour but d'empêcher les critiques paresseux de limiter leurs remarques à la question de savoir si l'ouvrage convenait ou non au caractère de l'auteur. Double souci : que ce texte, en son état actuel, soit apprécié pour lui-même, et que l'auteur, en cas d'addition, ne « boite » pas, alors qu'il « marche assez bien ». Entendons par là qu'il ne se conforme pas à l'image qu'il s'imagine que les autres auraient de lui, à savoir : un « homme grave » inconséquent, puisque cette gravité jurerait avec son ouvrage. C'est là dévoiler un peu son identité : cet « homme grave » doit assurer des charges importantes ; mais, s'il est capable de gaspiller son temps à écrire des choses aussi légères, peut-être n'est-il pas si grave que cela et ne faut-il pas prendre ses propos au sérieux et creuser trop profond sous le badinage ? À moins que l'allusion discrète à cette gravité ne cherche à prévenir en faveur du livre dont la frivolité manifeste n'exclurait pas les enjeux sérieux, voire dangereux ; propres donc à justifier une publication anonyme à l'étranger, selon les pratiques courantes alors de la littérature clandestine.

GENÈSE ?

De la genèse, malgré qu'on en ait, on ne sait pratiquement rien. Seule trace explicite : cette introduction qui recourt à la fiction traditionnelle de l'éditeur de lettres tombées en sa possession ; il est aussi ici traducteur car les lettres sont écrites exclusivement par des Persans. L'introduction mentionne également l'existence d'une réserve (« dans mon portefeuille ») d'où se détachent les cent cinquante lettres constituant la première édition. Réduit aux conjectures sur la nature et la durée d'une éventuelle maturation, on est conduit à évoquer la formation et l'information de Montesquieu[1], lesquelles n'ont en 1721 pris corps que dans un petit nombre d'ouvrages, de caractères bien différents : mémoires de physique et d'histoire naturelle présentés à l'Académie de Bordeaux (1718-1721), *Discours sur Cicéron* (1709), *Dissertation sur la politique des Romains dans la religion* (1716), ainsi que, dès 1716, un *Mémoire sur les dettes de l'État* (envoyé sans succès au Régent), un *Mémoire sur la Constitution* (bulle *Unigenitus*[2]) vers 1717 et un *Éloge de la sincérité* (1717).

Mais l'essentiel reste la date de rédaction, ce qui a déclenché l'envie d'écrire : une tradition suspecte, étayée sur les dires ultérieurs, rapportés par l'abbé de Guasco, d'un Montesquieu soucieux de réduire son livre à un péché de jeunesse[3], en recule la rédaction jusque vers 1710 ; or la lecture d'ouvrages en rapport direct avec les *Lettres persanes*,

1. Voir Dossier, p. 149-150.

2. Voir Dossier, p. 131.

3. Voir Dossier, p. 127.

comme *L'Espion turc* de Marana[1] ou les relations de voyages en Orient (si la date d'apparition, dans la bibliothèque du baron, du premier dans une édition de 1717, des *Voyages* de Chardin complets en 1720, suffit à prouver qu'il ne les lit qu'à ce moment-là)[2], invite à situer cette rédaction entre 1717 et 1720, sans parler de la mention dans le livre de bien des événements historiques survenus pendant ces années-là[3]. Quoi qu'il en soit, ce livre, qui se veut sans attaches, jouit bien d'une situation inaugurale : il se détache vigoureusement des écrits antérieurs de son auteur, comme des prétendus modèles[4], et, s'il faut lui chercher une postérité, ce n'est pas du côté des innombrables « imitations » dont aucune ne met en œuvre autant d'éléments.

1. Voir Dossier, p. 143-149.

2. Voir Dossier, p. 150.

3. Voir Dossier, p. 132-133.

4. Voir Dossier, p. 139 *sq*.

UN TOUT ORGANIQUE

En effet, les *Réflexions* (p. 43-45), qui accompagnent la réédition de 1754, insistent sur la présence dans ce texte de composants aussi divers, voire disparates, que politique, philosophie, morale, roman, et sur la liaison étroite de ces derniers en un « tout », soit un ensemble organique et un. Cette clôture exclut explicitement les « suites » données par l'auteur, sans contredire les termes de l'introduction de 1721 : ce propos est de 1754 et, dans les papiers de Montesquieu, subsistent bien des textes non recueillis[5] ; elle disqualifie également d'avance tout « conti-

5. Voir Dossier, p. 175.

nuateur » étranger, répondant éventuellement en différé à l'appel des libraires : « Faites-moi des lettres persanes. » Ce « tout » tient son unité d'une espèce de *vinculum substantiale* — pour parler comme Leibniz — dont Montesquieu proclame le caractère à la fois inconnu et secret. C'est revendiquer l'originalité et mettre à l'épreuve les exégètes qui — en particulier depuis l'article fondateur de R. Laufer[1] — s'évertuent, avec plus ou moins de bonheur, à chercher la « chaîne » : en quoi consiste ce lien entre politique, etc., *et* roman ? Quels effets de sens en résulte-t-il et quelle est la portée des *Lettres persanes* ?

Elles contiennent, dit leur auteur, de la « morale » : on y verra donc au premier chef une satire des mœurs de la Régence mais cette satire est aussi politique ; or, si les *Lettres persanes* sont indéniablement un texte politique, la dénonciation polémique de la dérive despotique de l'absolutisme louis-quatorzien finissant ou de la politique du Régent dès 1717 s'apaise aussi en réflexion théorique où s'ébauche une typologie des gouvernements. Mais cette science s'inscrit dans le cadre d'un savoir plus vaste qui, sous le nom de philosophie, peut interroger les conditions mêmes de sa possibilité, en fonction de l'existence ou non d'un Ordre en ce monde ; question aussi fondamentale que redoutable et que désignent, à moins qu'ils n'aillent s'y perdre, tous les points de vue pris sur ce texte-labyrinthe.

On examinera successivement ces divers aspects, sans ignorer le caractère artificiel, inévitable, de cette démarche : « Comment

1. « La réussite romanesque et la signification des *Lettres persanes* », *RHLF*, 1961, repris in *Style rococo, style des Lumières*, Corti, 1963.

concevoir [...] un ordre didactique ou dialectique, dans lequel on puisse exposer la matière des *Lettres persanes*, qui sont d'abord une manière ? » (Ben. 3, p. 42).

I   LE « ROMAN » : D'UNE « CHAÎNE », L'AUTRE

L'introduction de 1721 présente le texte par les termes les plus neutres : « livre », « ouvrage » (p. 47-48) ; plus précis, « recueil de lettres » (p. 48) évoque la feinte traditionnelle des romanciers qui se font passer pour éditeurs ; mais recueillir des lettres n'est pas forcément écrire un roman épistolaire : ces lettres ne contiennent pas nécessairement l'aventure amoureuse qu'on entend en général par « roman ». C'est avec les *Réflexions* de 1754 qu'apparaît explicitement ce terme — à peine au reste assumé par Montesquieu, comme le suggèrent les tours impersonnels : « Rien n'a plu davantage dans les lettres persanes, que d'y trouver, sans y penser, une espèce de roman » (p. 43) —, ainsi que celui de « chaîne », et leur association pose plus de questions qu'elle n'en résout. S'agit-il seulement d'une parade aux attaques consécutives à la publication (1748) et à la mise à l'Index (1751) de l'*Esprit des lois* ? Encore un point sur lequel on est réduit aux conjectures mais, sans chercher à faire des *Lettres persanes* un roman à proprement parler[1] ni rejeter

1. Comme R. Mercier, « Le roman dans les *Lettres persanes* : structure et signification », *RSH*, 1962.

complètement la thèse d'une mitigation après coup de la portée philosophique de l'œuvre[1], les commentateurs ne se contentent plus de voir dans la fiction orientale le piment exotique et érotique, assaisonnant les propos à la fois théoriques et subversifs d'un philosophe, au sens classique large, et prennent au sérieux la dimension romanesque.

1. Formulée par A. Adam (introduction à son édition, Droz, 1954).

LA PREMIÈRE CHAÎNE

Mais en quoi consiste le « roman » ? On l'y trouve « sans y penser » : c'est donc que rien, en particulier le titre, ne laissait prévoir sa présence et trouver un roman dans un texte signifie-t-il que celui-ci en soit un de part en part ou qu'il en contienne un aussi, à titre d'élément constitutif ? Sa présence se manifeste par l'effet de clôture organique, qui caractérise, depuis Aristote, toute représentation d'une action (« On en voit, poursuit le texte des *Réflexions*, le commencement, le progrès, la fin ») et cette clôture trouve sa condition (fonction explicative des deux-points qui articulent les deux phrases) dans la « chaîne » qui « lie » les « divers personnages ».

Voilà la première occurrence du fameux mot, appliqué ici au seul composant romanesque, et qu'on peut gloser par ce qui met en relation les personnages : deux seigneurs persans dont le plus âgé, Usbek, est l'époux de quatre (ou cinq) femmes, restées dans son harem d'Ispahan, sous la garde des eunuques, pendant qu'il visite l'Europe, en compagnie du jeune Rica, soit essentiellement Paris, où leur séjour dure déjà depuis neuf ans lorsque s'achève le recueil de lettres. Ils correspondent en effet avec les autres personnages : membres du sérail (femmes et eunuques) et autres Persans : cercle d'amis (Rustan, Mirza, Nessir) friands de discussions philosophiques, ou dignitaires religieux, mais aussi entre eux ou avec d'autres Persans, sortis aussi de Perse et fixés à Smyrne (Ibben), à Venise (Rhédi, neveu du précédent) ou à Moscou (Nargum), sans parler d'un mystérieux destinataire (si les astérisques *** désignent toujours le même personnage) qui n'écrit jamais et dont on ignore le nom et la résidence — probablement la Perse où il goûte peut-être « les plaisirs de la philosophie clandestine » (Gold. 2, p. 26-27). Cette chaîne est celle de liens divers : parenté, amour, amitié, affinités intellectuelles, service etc., propres à justifier les relations mises en scène par le roman ; celles-ci consistent essentiellement à correspondre, mais les lettres échangées constituent, selon les auteurs de l'échange, divers actes : confidences, demande d'amour, conseils, ordres, menaces, questions ou réponses à propos de problèmes religieux ou philosophiques, informations ; ces dernières peuvent prendre la forme de récits de ce qui se passe au sérail ou de ce que vivent et observent les Persans à Paris, soit autant d'événements qui entrent dans l'action du « roman », dans la mesure où nos héros y sont personnellement impliqués, et qui sont propres à susciter des réactions d'ordre personnel (jalousie, colère, désir de vengeance) ou intellectuel (réflexion, transformation des points de vue), ouvrant elles-mêmes sur des actes.

LE SAVOIR ET LA FUREUR

Mais la phrase suivante du même texte paraît, sinon contredire, du moins éclairer d'une manière plus complexe le sens de lien appliqué à la chaîne : les personnages semblent se réduire à ceux qui séjournent en Europe (le « ils » qui reprend « les divers personnages » de la phrase précédente ne désigne en effet que les voyageurs) et les aventures, à leur transformation intellectuelle, à savoir le mouvement décroissant de leur étonnement devant les usages européens — en raison inverse du « désordre » qui, lui, va croissant dans le sérail ; ce n'est qu'avec la mention de celui-ci que refont surface les principaux personnages représentant l'Orient profond. Découverte et maîtrise progressive de la logique de systèmes initialement perçus comme extraordinaires, voire absurdes, aux dépens de l'amour et à la faveur du temps ; celui-ci, d'autre part, exaspère la « fureur » (désir et révolte des femmes frustrées, violences des eunuques débordés mais aussi d'Usbek, jaloux et assoiffé de vengeance), en raison inverse ici de l'amour qui « diminue », et désagrège l'ordre du sérail, au grand désarroi de son maître. Ce sont ces deux aspects des aventures des personnages que Montesquieu nous dit liés par cette première chaîne, sans préciser davantage le sens de cette liaison en forme de compensation, sorte d'équilibre entre vases communicants.

LE ROMAN DU SÉRAIL

Ces aventures autorisent-elles à parler de roman ? Pour le drame de sérail, à la rigueur : l'amour et ses divers visages sont au centre et c'est surtout dans ce cadre qu'Usbek — on apprend par ailleurs que son voyage d'études masque en fait un quasi-exil politique (p. 61) et qu'il a déjà voyagé, non en Occident, mais dans les Indes (p. 335) — reçoit quelque chose comme une psychologie : époux dont l'amour blasé se retourne en inquiétude jalouse ; il en est de même de ses femmes (Zachi mais surtout Zélis et la mystérieuse Roxane dont le poids romanesque se mesure au fait qu'elle est la seule à qui Usbek écrit de lui-même [p. 94-97], sans obtenir de réponse) ou des eunuques — accédant parfois au privilège d'échanges épistolaires entre eux (p. 77 et 88). Dans cette vie en apparence uniforme et rythmée par les rituels du harem, mais sous le silence feutré de laquelle couvent des passions intenses, de menus événements ont droit à la narration : voyage à la campagne, épisode de l'esclave demi-nue qui vole au secours de Zachi (p. 129), « cursus de Zélide ».

Cette expression est de J.-P. Schneider qui a reconstitué ce parcours de la manière suivante : « Zélide apparaît pour la première fois dans la lettre 4 : derrière les protestations qu'adresse Zéphis à Usbek on découvre qu'elle est soupçonnée entretenir avec son esclave Zélide des rapports ambigus. L'Eunuque, apprend-on, a décidé de séparer les deux femmes. Voilà pour le printemps 1711. Dès le début de l'année suivante, Zélide reparaît (p. 86). Elle a changé d'objet, comme on aurait dit au Grand Siècle, car c'est à Zachi qu'Usbek reproche à présent de prendre avec elle des " familiarités " " contre la bienséance ". Quand on pense qu'Usbek écrit le 12 janvier 1712, et qu'il lui a fallu plus de trois mois pour être informé (le temps pour une lettre d'aller d'Ispahan à Smyrne), on constatera que la " jeune Zélide " n'a guère perdu de temps ! Dans la lettre 47, datée de novembre 1713, Zachi annonce à Usbek sa réconciliation avec Zéphis. Aucune allusion à une brouille antérieure entre les deux femmes ne nous semble pouvoir être décelée dans les *Lettres persanes* ; reste l'indice constitué par les lettres 4 et 20 : Zélide est passée des tendresses de Zéphis à celles de Zachi […]. La lettre 47 […] raconte à Usbek comment les femmes ont été surprises par un orage alors qu'elles traversaient une rivière, enfermées dans leurs " boîtes ". Dans la description de l'affolement général […] surgit une silhouette, vite rejetée dans l'ombre par l'intervention des eunuques : " Une de mes esclaves, toute hors d'elle, courut vers moi, déshabillée, pour me secourir. " […] À peine a-t-on été informé, en novembre 1713, du raccommodement des deux anciennes rivales, qu'on apprend (p. 143-144) que Zélide, éloignée à la fois de Zachi et de Zéphis, est passée au service d'une troisième épouse d'Usbek, Zélis. Celle-ci est restée apparemment insensible aux charmes de son " affection " et ses " adroites mains " (p. 55). Et […] Zélide demande à sa nouvelle maîtresse, en décembre 1713, l'autorisation d'épouser […] un eunuque ! Nouvelle vocation de la jeune esclave qui explique rétrospectivement la réconciliation de Zéphis et de Zachi ? On admirera en tout cas comment cet ultime projet conclut logiquement l'évocation de ce personnage saphique auquel Montesquieu, en quelques lignes éparses, a construit un destin remarquablement cohérent[1]. »

1. « Les jeux du sens dans les *Lettres persanes* », in *Études sur le XVIIIe siècle*, collection « Textes et documents », Société française d'étude du XVIIIe siècle, 1983, p. 16-17.

Peut-être ces événements se révèlent-ils rétrospectivement signes avant-coureurs du désastre final : révolte générale, défi et suicide de Roxane, déchaînement sanglant du nouveau grand eunuque, Solim. Mais si ces aventures méritent le nom de roman, quoique leur complexité, sinon leur violence, reste limitée, que dire des séquences occidentales ? Le déséquilibre est énorme : les aventures des Persans à Paris se réduisent aux rencontres et aux épisodes qu'ils relatent, simples objets de regard et d'examen, prétextes à comparaisons avec l'Orient, à réflexion ; ils ne s'y engagent pas et n'exercent d'action ni dans la société parisienne (esquisse d'une intrigue entre une actrice [p. 100] et Rica, lequel subodore par ailleurs quelque affaire amoureuse dans les longs et fréquents séjours à la campagne [p. 130 et 162] de son ami), ni dans la vie politique. Particulièrement mouvementée à cette date, celle-ci fait l'objet de toute leur attention et ils en rendent compte à leurs correspondants, sans qu'on puisse pour autant parler de journal ou de chronique de l'histoire politique française de 1712 à 1720 : les nombreux dysfonctionnements de la chronologie historique — dont on reparlera — s'y opposent.

CHRONOLOGIE ROMANESQUE

En revanche, l'armature chronologique du roman est extrêmement élaborée. On peut tenter, comme J. Starobinski (p. 407-411), de reconstituer l'ordre des événements qui sous-tend et que compliquent la forme épistolaire et la disposition dans le recueil. Ces événements sont connus à travers, ou consistent dans, les échanges de lettres, soumis aux délais imposés par la distance, à savoir, dans le cas d'Usbek et Rica écrivant et recevant des lettres à Paris, environ cinq à six mois, ce qui porte à environ un an l'écart entre un appel et la réception de sa réponse. Raffinant encore sur la minutie de ce dispositif, qui invite certes à fabuler, J.-P. Schneider suggère que cet écart d'un peu plus de cinq mois (environ cent soixante jours) se trouve secrètement inscrit dans les marges du séjour européen : en effet — si l'on exclut les pauses à Erzeron puis à Smyrne —, le déplacement qui conduit les Persans au seuil de l'Orient est exactement de cent soixante et un jours : « C'est dire que de manière tout à fait masquée, et à travers un enchevêtrement de données éparses, Montesquieu nous donne à lire, dès l'ouverture des *Lettres persanes*, une mesure exacte de l'écart sur lequel se fonde tout le roman[1]... » On reparlera de cet écart. Au reste, ce nombre de cent soixante et un n'est-il pas, est-on tenté de renchérir, celui des lettres du recueil en son état définitif ?

Dans ce dernier, la règle de présentation, adoptée dès le début, où s'observent évidem-

1. *Ibid.*, p. 8-9.

ment des écarts moindres (d'Ispahan à Tauris, Erzeron ou Smyrne), semble être de considérer comme temps de référence, comme « le présent du récit[1] », celui où les Persans écrivent ou reçoivent des lettres — lesquelles, dans le second cas, apparaissent alors, non à leur date d'expédition, mais de réception (au reste jamais précisée mais déductible, à peu de chose près, de la date de la lettre qui suit) par Usbek ou par Rica.

1. P. Testud, « Les *Lettres persanes*, roman épistolaire », *RHLF*, 1966, p. 649.

DYSFONCTIONNEMENTS BÉNINS

Cette règle souffre des exceptions, plus ou moins spectaculaires et significatives. Les premières n'en sont peut-être pas : en effet, les lettres de Rhédi, d'Ibben ou de Nargum, venues d'ailleurs et de moins loin que la Perse, apparaissent, semble-t-il, à leur date d'expédition, ce qui donne à ces scripteurs un statut équivalent à celui des deux protagonistes. C'est le cas des lettres XXXI, LI, LXXXI, CXXXI ; probablement aussi de LXXVII, à condition que quinze jours aient suffi à l'échange entre Usbek et Ibben de ces lettres LXXVI-LXXVII (Paris-Smyrne, aller retour) entre les 15 et 30 avril 1715 : effet d'urgence au mépris des délais postaux ou difficulté à insérer tardivement (dans l'édition de 1754) cette réponse importante à l'apologie du suicide par Usbek ?

Dans la mesure où, en général, ces lettres ne sont pas des réponses ou n'en appellent pas, ce mode d'insertion ne crée pas le vide (écart entre deux dates d'expédition depuis des lieux éloignés) qui ne peut que trouer le « présent » d'un « récit » qui ne sépare pas les questions des réponses (règle enfreinte seulement par les lettres V et VIII, peut-être XXXI et XXXIII). S'il y a une réponse (d'Usbek à Rhédi : lettres CV et CVI), le vide produit, d'un mois et demi, n'est pas énorme. Quant à la lettre CXII (question de Rhédi sur la dépopulation qui déclenche la réponse-fleuve d'Usbek, de CXIII à CXXII), son statut est incertain : l'écart avec la suivante est à peine d'un mois, alors que la longue lettre LXVII d'Ibben, qui contient l'« Histoire d'Aphéridon et d'Astarté », est probablement insérée à sa date de réception par Usbek et, surtout, elle signale un énorme vide qui est le signe d'une grave perturbation, causée par une lettre venue de Perse.

LES LETTRES PERSANES

C'est en effet à propos de ces dernières qu'on peut parler d'infraction à la règle d'insertion des lettres dans le temps de référence. Si elles apparaissent, selon cette règle, à leur date de réception par Usbek (seul concerné : Rica ne reçoit aucune lettre de Perse), que celui-ci y réponde (lettre XLII écrite par Pharan ou lettre LXX de Zélis, suivies des réponses d'Usbek, lettres XLIII et LXXI) ou n'y réponde pas (lettres III, IV et VII de ses femmes, reçues à Tauris puis Erzeron), la chronologie reste indemne. Certaines apparaissent à leur date d'expédition, mais sans créer de perturbation si Usbek n'y répond pas (lettre XLVII de Zachi, lettres LIII et LXII de Zélis ou encore lettres LXXIX et XCVI, purement administratives, du grand eunuque) ; en revanche, l'insertion à sa date d'expédition (9 mai 1714) de la lettre LXIV (le premier eunuque noir supplie Usbek de renoncer à sa mansuétude ordinaire pour le laisser infliger les châtiments qui s'imposent) — immédiatement suivie dans le recueil d'une réponse indirecte, consistant dans une lettre (5 octobre 1714) d'Usbek à ses femmes — produit l'anomalie importante d'un temps mort de cinq mois. Vide épistolaire dont se plaint Ibben dans la lettre LXVII. Larges trous dans le « récit », liés aux événements du sérail, lorsque la lettre venue de Perse a, à la fois, acquis pour ainsi dire assez d'autonomie pour enfreindre les règles d'insertion et se révèle capable de toucher suffisamment Usbek pour le faire répondre.

PERTURBATIONS

Mais d'autres lettres venues de Perse jusqu'à Erzeron, au début du recueil, ne se trouvent pas non plus à la place prévisible de leur date de réception et entraînent leurs réponses dans de graves décrochements chronologiques. Ce sont d'abord les lettres IX et X, écrites par le premier eunuque au jeune Ibbi (de la suite d'Usbek) et par Mirza à Usbek, toutes deux le 30 avril 1711. Elles apparaissent après une lettre d'Usbek du 20 août (lettre VIII), soit beaucoup plus tard que leur arrivée à Erzeron ; cette infraction passe inaperçue pour celle de l'eunuque, restée sans réponse, mais non pour celle de Mirza à qui Usbek avait répondu du 3 au 5 août, dans les lettres que le recueil présente aussitôt à la suite (lettres XI-XIV), la dernière datée du même jour qu'une deuxième lettre de l'eunuque, partie elle d'Ispahan (lettre XV).

La date du 20 août à laquelle s'est opéré le décrochement n'est retrouvée qu'à la lettre XVII, d'Usbek, qui en redouble une première, du 11 août, adressée à Méhémet Ali, gardien du sanctuaire de Com. Cette séquence décalée, consacrée au célèbre apologue des Troglodytes, encadrée par des lettres d'eunuques à d'autres eunuques, n'apparaît ni à sa date d'expédition ni à sa date de réception, mais en total décrochement par rapport au temps de référence, en une sorte de mise hors temps. Elle ouvre une béance que la reprise de l'échange épistolaire résorbe, alors que la perturbation chronologique que l'ordre du recueil produit, à partir de la lettre CXLVII, ne se résorbera pas.

LE COMBLE DU DÉSORDRE

1. *Op. cit.*, p. 12.

Sont alors groupées (s'agit-il, comme le suggère J.-P. Schneider[1], de ces lettres que l'auteur-éditeur disait en 1721 avoir surprises car ses amis persans « se sont bien gardés de lui en faire confidence, tant elles étaient mortifiantes pour la vanité et la jalousie » ?) quinze lettres concernant uniquement la révolte du sérail, écrites ou reçues depuis septembre 1717, mais non insérées à leur place ; si l'on situe la dernière de ces lettres (ultime défi de Roxane, criant sa haine à Usbek avant de s'empoisonner) à sa date probable de réception, elles rattrapent presque l'autre dernière lettre du recueil, selon la chronologie, soit la lettre CXLVI de novembre 1720. Effet ambigu de clôture (mort de Roxane et fin de l'écriture : « Le poison me consume [...] la plume me tombe des mains »), mais aussi d'ouverture : jusqu'où iront les châtiments du sadique Solim à qui Usbek a donné tout pouvoir ? Usbek lui-même va-t-il regagner Ispahan où l'attendent aussi ses « ennemis » politiques ?

Télescopage final des plus dramatiques (surprise, concentration, angoisse) opéré par le recueil qui fait se succéder lettres et réponses dont la brièveté et la violence feraient oublier que, selon la chronologie, l'écart canonique de cinq à six mois les sépare, si, justement, ces longs délais ne multipliaient atermoiements et malentendus et n'attisaient la fureur du maître dont Solim s'empresse d'anticiper les ordres sanglants. Synthèse en quelque sorte et exploitation maximale des deux types d'infraction signalés : modulés en diverses variations, ceux-ci permettent de lire rétrospectivement, comme autant de présages, le décrochement chronologique de la séquence mise hors temps, ainsi que les temps morts, invisibles à leur place dans le recueil, et auxquels on imputera, toujours rétrospectivement, certains longs silences d'Usbek, plus ou moins comblés par des lettres de Rica, mais portés à leur intensité dramatique maximale par ce bouquet final.

UNE COMPOSITION ? LA DEUXIÈME CHAÎNE

Peut-on tirer de là une composition ? Ce retour en force du sérail, à la fin du recueil, a permis de parler d'encadrement des séquences occidentales par les vingt-trois premières lettres (non limitées toutefois au sérail ni même à l'Orient, puisqu'elles mènent les voyageurs jusqu'à Paris, en passant par Livourne et Marseille) et les quinze dernières — d'où est absent Rica, dénué de sérail. Mais une véritable composition est à chercher, au prix d'enquêtes interminables, dans la distribution des thèmes et dans leur liaison avec l'intrigue de sérail, soit la « chaîne », selon la deuxième occurrence du terme dans les *Réflexions* (p. 44). Le « roman » que Montesquieu dit en 1754 avoir joint à de la philosophie, de la politique, de la morale, à savoir ces « raisonnements » qui ont pu s'y mêler grâce à la forme souple des lettres, c'est, bien évidemment, la tragédie où s'affrontent Usbek et ses femmes, mais ce drame sanglant n'est que la conséquence, essentielle certes, de la fiction centrale consistant dans le voyage et la découverte de l'Occident ; même réduite au minimum, elle inscrit dans un long et lent déroulement temporel et fragmente selon les points de vue de la polyphonie épistolaire les réflexions et discussions auxquelles se livrent les Persans sur l'Orient comme sur l'Europe et par lesquelles leur regard, comme leur être, se transforme.

La « chaîne secrète » qui lie ce « tout » n'est pas seulement l'ordre linéaire secret de développements explicites (énoncés au reste, ne l'oublions pas, par des personnages à distinguer de « l'auteur », même si certains ont été pris à tort pour des « porte-parole ») ; c'est la manière dont cette mise en roman produit du sens, non comme dans un roman philosophique où la fiction se contente d'illustrer une thèse, mais dans la mesure où l'implication dans l'intrigue passionnelle vient jeter le soupçon sur certains propos théoriques ou en suggérer des aspects inquiétants ; dans la mesure aussi où, de façon générale, tout propos théorique est ici pris dans certains dispositifs : attribué à tel énonciateur, situé à telle date ou à telle place (« l'arrangement de certaines lettres » (p. 325), dira-t-on en détournant le sens et en prenant à la lettre un propos de Rica) ; il peut être exprimé dans des styles différents ou présenté selon divers modes : insertion, dans les lettres, d'autres lettres, de fragments, d'histoires, d'apologues, de contes (celui du sérail d'Ibrahim est conté par Zuléma, elle-même figurant dans un conte persan que Rica a envoyé, traduit, à une dame de la Cour de France qui aime les romans et qu'il envoie également, « travesti », à Usbek dans la lettre CXLI), etc. ; et cette prise en compte des éléments romanesques doit être présente dans l'appréciation des sens possibles de ce texte difficile à maîtriser. Le problème n'est plus de démontrer l'existence de la « chaîne » mais, si on l'entend ainsi qu'on l'a proposé, de montrer quels effets de sens elle produit, sans se flatter d'avoir épuisé la matière.

II   LA SATIRE

Les *Lettres persanes* sont-elles un texte satirique ? La réponse est évidemment oui, ne serait-ce que pour des considérations quantitatives : présence massive des développements satiriques de la lettre XXIV à la lettre CXLVI ; l'Occident en fait les frais, sans que l'Orient soit pour autant totalement épargné : le Mogol se fait « peser comme un bœuf » (p. 120), la femme d'Erivan ou le khan de Tartarie se prennent pour le centre du monde (p. 123-124), la femme indienne veut puis ne veut plus se brûler (p. 280-281), etc. C'est le principal attrait de ce texte — peut-être pas exactement pour les mêmes raisons — aux yeux des contemporains et de la postérité qui continue à prélever de ce tout complexe d'admirables morceaux choisis pour l'y réduire ou pour les opposer au venin de l'impiété[1] : la lettre XXIV par exemple ou la célèbre et retorse lettre XXX.

---

1. Voir déjà la stratégie de l'abbé Gaultier. Voir Dossier, p. 160.

Raillerie de la curiosité indiscrète des badauds parisiens, de la futilité attentive au seul extérieur qui fait méconnaître l'être au profit du paraître, elle ouvre de fait sur le problème du fondement des valeurs et jette le soupçon sur l'être même : la question finale (« Comment peut-on être Persan ? ») énonce la négation méprisante de toute altérité culturelle mais aussi, dans la même formule, l'interrogation des conditions culturelles d'un être, crédité de toute la spontanéité du « naturel » ; et « tout le social, conclut Valéry, devient carnavalesque[1] ».

1. Préface aux *Lettres persanes*, O.C., I, p. 514.

Cet aspect indéniable n'est toutefois pas le seul et ne laisse pas d'offrir bien des ambiguïtés quant à sa nature et à sa portée.

« PERSONNALITÉS » ET CARACTÈRES

Aspect traditionnel de la satire, voici les attaques personnelles, couramment pratiquées à cette époque, mais peu par Montesquieu (Gold. 2, p. 78-79). Sont égratignés le comte de Caylus, modèle probable de l'anticomane grotesque de la lettre CXLII ; l'abbé de Saint-Victor pour qui la bibliothèque est « une terre étrangère » et qui éconduit Rica sans ménagement (p. 297-298), mais non l'« affable » bibliothécaire qui n'est autre que le Père Desmolets ; peut-être Fleury, alors évêque de Fréjus, que le Saint-Esprit en personne a éclairé dans la rédaction du mandement contre la bulle *Unigenitus* (lettre CI) ; Méhémet Riza Beg (lettre XCI) dont les excentricités et la ladrerie avaient fait douter du caractère officiel de la mission d'ambassadeur persan ; Louis XIV, son jeune ministre et sa vieille maîtresse (lettre XXXVII), « l'Étranger » (Law) qui « a tourné l'État comme un fripier tourne un habit » (p. 307).

Mais sont représentés surtout des caractères, à la manière de Boileau ou de La Bruyère, « le meilleur maître pour l'aider à peindre les travers d'une société et ceux de la nature humaine[1] », dans de multiples et spirituels tableaux, scènes, portraits, dus en général à Rica mais aussi à Usbek (lettre XLVIII). Ainsi du « décisionnaire » (lettre LXXII), qui a été rapproché de l'Arrias des *Caractères* (V, 9).

1. L. Versini, introduction à l'édition de l'Imprimerie nationale, p. 21.

« Arrias a tout lu, a tout vu, il veut le persuader ainsi ; c'est un homme universel, et il se donne pour tel : il aime mieux mentir que de se taire ou de paraître ignorer quelque chose. On parle à table d'un grand d'une cour du Nord : il prend la parole, et l'ôte à ceux qui allaient dire ce qu'ils en savent ; il s'oriente dans cette région lointaine comme s'il en était originaire ; il discourt des mœurs de cette cour, des femmes du pays, de ses lois et de ses coutumes [...]. Quelqu'un se hasarde de le contredire, et lui prouve nettement qu'il dit des choses qui ne sont pas vraies. Arrias ne se trouble point, prend feu au contraire contre l'interrupteur : " Je n'avance, lui dit-il, je ne raconte rien que je ne sache d'original : je l'ai appris de Sethon, ambassadeur de France dans cette cour, revenu à Paris depuis quelques jours, et que je connais familièrement, que j'ai fort interrogé, et qui ne m'a caché aucune circonstance. " Il reprenait le fil de sa narration [...] lorsque l'un des conviés lui dit : " C'est à Sethon à qui vous parlez, lui-même, et qui arrive de son ambassade. " »

Les femmes, objets privilégiés de la tradition satirique, se taillent une bonne place : les vieilles coquettes de la lettre LII cherchent à tromper sur leur âge ; elles accordent le plus grand sérieux à des futilités : bien « poster une mouche », mener de front deux rivaux, etc. (lettre CX) ; elles ruinent leurs maris au jeu (lettre LVI) ; mais il y a aussi les maniaques comme le fou d'alchimie (lettre XLV), le géomètre (lettre CXXVIII), le vaniteux qui ne parle que de lui (lettre L), les petits-maîtres « adorés des femmes » qui, non contents de parler pour ne rien dire, savent encore « faire parler leur habit brodé, leur perruque blonde, leur tabatière, leur canne, et leurs gants » et, depuis la rue, « le bruit du carrosse, et du marteau qui frappe rudement la porte » (p. 202-203), l'homme à bonnes fortunes de la lettre XLVIII.

TYPES ET INSTITUTIONS

Mais, à côté de ces travers imputables à une « nature », ce qui domine dans les *Lettres persanes*, ce sont des types dont le caractère répréhensible tient à telle institution et aux fonctions de celle-ci ou aux conditions générales de la vie en société, à ce moment historique : l'actrice qui écrit à Rica la lettre insérée dans la lettre XXVIII est comme sécrétée par l'Opéra et les usages de ses coulisses ; le poète famélique, « si mal habillé », qui parle « un langage différent des autres » et « fait quelques grimaces », vit des bontés des maîtres de la maison qui reçoit Usbek (p. 132-133) ; comment ne pas être adultère dans une société qui regarde un « mari qui voudrait seul posséder sa femme » comme « un perturbateur de la joie publique » et, sans approuver explicitement qu'on « souffre les infidélités » d'une épouse, ne blâme que quelques « cas particuliers » et, de façon générale, honnit les « maris jaloux » (p. 148) ? Comment ne pas sombrer dans le vain bavardage, quand on a pour « fonction » de faire partie de ces « établissements singuliers et bizarres » comme l'Académie française (p. 187) ? De même, « les têtes des plus grands hommes s'étrécissent lorsqu'elles sont assemblées », comme le remarque Rica, à propos de l'Université, exemple de ces « grands corps » qui « s'attachent toujours si fort aux minuties » (p. 250). Que dire de cette « nation » animée d'une « curiosité frivole et ridicule », qu'on appelle « les nouvellistes » (dont Montesquieu méconnaît le rôle dans la formation de la presse moderne) et dont Rica envoie à *** (lettre CXXX) quelques échantillons de la prose, mis à distance par le jeu d'enchâssements multiples, comme la lettre CXLIII le fait pour celle d'un médecin de province à un médecin de Paris, prétexte à facéties contre maints ouvrages soporifiques, de Jésuites en particulier ?

VERS LES « GRANDS SUJETS »

On rencontre d'autres personnages plus compromettants, dans la galerie de portraits qu'est la longue lettre XLVIII par exemple : un vieux guerrier que son amour-propre frustré (« le chemin des honneurs lui est fermé ») range parmi les insupportables *laudatores temporis acti* de la lettre LIX ; un fermier général encombrant que ses richesses, sinon sa naissance qui le met « au-dessous de tout le monde », élèvent au-dessus des autres ; un « prédicateur », pis un « directeur », dont l'exemple allonge la liste des gens d'Église qui, tel l'abbé galant qui a engrossé l'actrice de la lettre XXVIII, manquent non seulement au vœu de pauvreté mais aussi à celui de chasteté (lettres LVII ou LXXXII) : si les Chartreux se coupent la langue, « on souhaiterait fort que les autres dervis se retranchassent de même tout ce que leur profession leur rend inutile » (p. 202) ; mais, au-delà de ces allusions narquoises au libertinage des ecclésiastiques, thème satirique traditionnel, ou de la silhouette grotesque du capucin qui s'abat sur Rica (lettre XLIX), se profilent des critiques plus graves, en l'occurrence celle des missions et des prétentions hégémoniques de la religion chrétienne. Les « grands sujets » que s'interdisait La Bruyère sont abordés d'entrée de jeu : comme le note J. Starobinski, la lettre XXIV « vise d'abord à la tête » (p. 16) ; elle frappe en effet le roi et le pape et, dans le même geste, elle désigne sur le mode de la raillerie les fondements de leur pouvoir, à savoir la croyance aux prodiges de ces deux « magiciens ». Le vertige qui saisit le Persan étonné par le mouvement continuel, la vitesse, la hauteur des maisons, les embarras de Paris — thème traditionnel[1] —, se poursuit par celui des victimes de ces grands thaumaturges dont, au reste, l'un croit, ou feint de croire, à l'autre.

Le discours satirique touche donc d'emblée au politique et au religieux, ce qu'ont immédiatement apprécié les protestants exilés, si l'on en croit les toutes premières réactions des gazettes hollandaises[2]. La mise en scène allègre et méprisante du casuiste (lettre LVII) ne se réduit pas à « une résurgence de la satire des *Provinciales* » (Ben. 2, p. 314-315) : dans le contexte des séquelles politiques de la querelle autour de la bulle *Unigenitus*, la satire de l'absolution laxiste d'actions équivoques reçoit une tout autre portée de la comparaison de Dieu au Sophi de Perse et le casuiste se voit dénoncer comme « corrupteur de l'ordre sociopolitique ». L'Église catholique (toujours seule visée) apparaît comme le lieu privilégié du mensonge et des dissensions : elle préconise les controverses théologiques (lettres XXIX, XLVI, LXXV), « disputes » propres à troubler l'État (lettre LXI), et les évêques (« gens de loi [...] subordonnés [au pape] ») assurent les fonctions contradictoires de faire des « articles de foi » et de « dispenser d'accomplir la loi » (p. 102). La religion même est attaquée pour son intolérance : la lettre LXXXV dénonce évidemment les

1. Voir Dossier, p. 140 et 144.

2. Voir Dossier, p. 152 *sq*.

persécutions contre les protestants à travers celles des Guèbres et des Arméniens ; elle est particulièrement apte à provoquer des désordres graves, allant jusqu'aux guerres civiles, sans parler de la spécialité espagnole et portugaise qu'est l'Inquisition (lettre XXIX).

SATIRE ET POLITIQUE

Quant au politique, il encadre les séquences sur l'Occident, principale cible de la satire (Gold. 2, p. 79) : la lettre XXIV érige à l'entrée la figure du roi de France et la lettre CXLVI décrit le séisme de la faillite du Système de Law[1], déplacé dans les Indes (la compagnie sur les profits de laquelle il se fondait n'était-elle pas celle des Indes occidentales ?), et ce dispositif structurel ne suggère-t-il pas la subordination de cette décomposition morale à un désordre politique ? Est alors née « dans tous les cœurs une soif insatiable des richesses » (p. 336), lesquelles ont ailleurs (lettre XCVIII) été déclarées méprisables moins en tant que telles, selon le discours moraliste le plus reçu, qu'en tant que possédées par des gens méprisables, donc par le détour de la dénonciation du désordre social : perturbation des hiérarchies « naturelles ». Même la lettre XCIX qui s'attaque, dans la lignée de toute une tradition moraliste, à l'assujettissement aux « caprices de la mode », signe de « notre petitesse » selon La Bruyère[2], à partir de l'objet privilégié des toilettes féminines, met en

1. Voir Dossier, p. 135-137.

2. *Caractères*, XIII, 1.

cause finalement le rôle du Prince, dont l'âme est « un moule qui donne sa forme aux autres » (p. 232). Mais le portrait du « petit homme si fier » qui « prit une prise de tabac avec tant de hauteur », qui « se moucha si impitoyablement », qui « cracha avec tant de flegme » et « caressa ses chiens d'une manière si offensante pour les hommes » (p. 188-189), dénonce, au-delà de la grossièreté du « naturel » de cet individu, et de l'idée de « représentation » liée à celle d'une société d'ordres, la perversion de ce système par l'avilissement de la noblesse.

La lettre CXXIV stigmatise nettement les Princes versant des « libéralités immenses », grâces et pensions, sur leurs courtisans : l'humour noir de la sinistre « ordonnance » qu'Usbek imagine n'a rien à envier à celui de Swift et annonce l'objectivité glacée du célèbre chapitre de l'*Esprit des lois* (XV, 5), qui pousse jusqu'à sa limite insoutenable la logique économique du système de la traite des Noirs.

« Si j'avais à soutenir le droit que nous avons eu de rendre les nègres esclaves, voici ce que je dirais :

Les peuples d'Europe ayant exterminé ceux de l'Amérique, ils ont dû mettre en esclavage ceux de l'Afrique, pour s'en servir à défricher tant de terres.

Le sucre serait trop cher, si l'on ne faisait travailler la plante qui le produit par des esclaves.

Ceux dont il s'agit sont noirs depuis les pieds jusqu'à la tête ; et ils ont le nez si écrasé qu'il est presque impossible de les plaindre.

On ne peut se mettre dans l'idée que Dieu, qui est un être très sage, ait mit une âme, surtout une âme bonne, dans un corps tout noir.

Il est si naturel de penser que c'est la couleur qui constitue l'essence de l'humanité, que les peuples d'Asie, qui font des eunuques, privent toujours les noirs du rapport qu'ils ont avec nous d'une façon plus marquée.

On peut juger de la couleur de la peau par celle des cheveux, qui, chez les Égyptiens, les meilleurs philosophes du monde, étaient d'une si grande conséquence, qu'ils faisaient mourir tous les hommes roux qui leur tombaient entre les mains.

Une preuve que les nègres n'ont pas le sens commun, c'est qu'ils font plus de cas d'un collier de verre que de l'or, qui, chez les nations policées, est d'une si grande conséquence » (O.C., II, p. 494).

C'est à la dénonciation du pouvoir de l'argent (enrichissement des fermiers généraux dès le « règne passé ») et de sa circulation anarchique, accélérée par l'expérience de Law, qui bouleversent les hiérarchies sociales, que se livre Rica en représentant les ex-laquais enrichis indignés par les changements à vue actuels et criant : « La noblesse est ruinée ; quel désordre dans l'État ! quelle confusion dans les rangs ! on ne voit que des inconnus faire fortune ! » (p. 307-308) ; mais mettre ce discours de la hiérarchie qualitative dans la bouche de gens de rien qui ont profité de la labilité réelle de celle-ci (et dont, par là, l'inconséquence fait rire) ne revient-il pas aussi à en suggérer le caractère interchangeable, vide, et à le désigner comme préjugé ?

LA SATIRE INTROUVABLE

G. Benrekassa (Ben. 2, *passim*), puis J. Goldzink (Gold. 2, p. 87) et C. Spector[1] ont souligné le caractère ambigu de ce discours satirique à double fond et à double détente. Jusqu'où en effet doit aller la critique morale de l'insincérité des chrétiens ? Usbek n'observe pas chez eux « cette persuasion vive de leur religion, qui se trouve [Dieu soit loué !] parmi les musulmans » (p. 189) : quel écart de la profession à la pratique ! Mais cette lettre LXXV passe, pour terminer, au cas des « princes chrétiens » (p. 190) dont la politique en matière d'esclavage relève d'un pragmatisme capable d'utiliser, dans certaines occasions, des principes religieux parfaitement ignorés dans d'autres : retirer « le bas peuple » du pouvoir des seigneurs dont ils abattaient ainsi la puissance, au nom de l'égalité chrétienne, mais, par la suite, acheter et vendre des esclaves utiles à certains profits, sous certains climats. Que pèsent les interdits religieux en regard des intérêts commerciaux ?

De même, où est exactement l'objet de la satire de la lettre LXXXVII ? Railler l'homme hypersociable dont l'épitaphe s'épuise à rappeler les interminables et exténuantes civilités revient-il à prêcher l'absence de toute sociabilité ? Est ici dénoncé l'excès de ce qui est déjà artifice, comme dans la lettre XXVIII sur le théâtre, où la comédie du commerce social se joue aussi dans les loges ou dans les coulisses et ne devient

1. *Op. cit.*, p. 11 sq.

risible que par l'exagération des signes des passions ou des rituels de politesse comme révérences et embrassades. Ce n'est plus à une « nature » que s'adosse ce discours satirique, mais à des artifices, pour les excès desquels la lettre LVIII ne laisse pas de montrer quelque complaisance.

C'est le meilleur exemple de la dérive complaisante à ces impostures qui sont aussi miracles enchanteurs d'ingéniosité inventive, d'« industrie » infinie, et dont les enjeux profonds sont le triomphe sur le temps et la mort. Escroqueries grossières d'alchimistes, devins, faiseuses de virginité… mais, finalement, dépense quasi gratuite, jeu de séduction verbale, plaisir pur du « commerce », incarné par cette « jeune marchande » qui « cajole un homme une heure entière, pour lui faire acheter un paquet de cure-dents » (p. 154).

La dénonciation des faux-semblants, des falsifications, des masques de tout genre ne risque-t-elle pas d'aboutir à celle, radicale, de la socialité même qui a à voir avec les parades de l'amour-propre et les impostures du paraître, sur lesquelles elle s'édifie et que la satire a ici dénudées, ouvrant ainsi sur des problèmes redoutables. Le jeu d'échanges narcissiques des relations mondaines et sociales exige les masques qui font illusion mais aussi tempèrent la violence des ego, en vue de satisfaire, voire de séduire l'autre, pour s'élever soi-même, et l'harmonie sociale, équilibre relatif sinon réalisation d'une norme absolue, repose sur l'omniprésence de ces mensonges et de ces fictions.

DÉSORDRE OU POLITIQUE ?

Il est difficile d'articuler, au moment des *Lettres persanes*, la satire des mœurs qui a sondé si profond et la préoccupation politique, comme l'a fortement souligné J. Goldzink (Gold. 2, p. 88-89) : les mœurs de la monarchie française, où chacun ne songe qu'à soi et aux prérogatives de son rang, sont versées par le discours satirique au dossier du désordre moral ; quant à la notion d'honneur, telle qu'elle est abordée dans les lettres LXXXIX et XC (il est à la fois « naturel » en tant qu'analogue à l'« instinct de conservation », amour de soi sinon amour-propre, et satirisé sous la forme du « point d'honneur » qui génère disproportions et contradictions), elle ne saurait alors constituer le « principe » politique dont l'*Esprit des lois* théorisera, hors morale, le concept. « Juxtaposition énigmatique » qui rend compte de la tendance à l'autonomisation du pôle satirique, mais qui n'interdit pas, quitte à soupçonner prudemment cette tentation de n'être que « projection rétrospective », de déceler dans ce tableau satirique de la société française une description politique de la monarchie.

III LES *LETTRES PERSANES*, UN TEXTE POLITIQUE ?

À cette question, la réponse sera encore oui, mais, si c'est là assurément un aspect majeur du livre, ce n'est ni le seul ni même le plus profond, encore que les réflexions qui s'y mènent touchent par là aux problèmes fondamentaux de la relation à l'autre, du pouvoir et de l'ordre.

STRUCTURE DU POUVOIR

De façon générale, la structure du pouvoir est de nature conflictuelle — dans le cas des monarchies, comme l'explique Usbek (p. 235), le problème est celui d'un équilibre pratiquement impossible à maintenir entre le Prince et le peuple — et ce conflit met en jeu les passions. Le gouvernement asiatique, dit despotisme, constitue l'objet privilégié de cette réflexion sur le pouvoir. Les Persans qui parlent n'ont jusqu'alors vécu que dans ce cadre : c'est la forme immédiate de leur expérience politique et c'est aussi l'objet de leurs premières analyses, puisqu'ils traversent la Turquie, en y séjournant même assez longuement ; celle-ci en incarne l'excès, à ce stade, par rapport à la Perse qui est alors affectée d'un signe positif, malgré le quasi-exil d'Usbek. Mais, outre ces raisons anecdotiques, le despotisme doit son privilège au fait qu'il est une sorte de forme limite du pouvoir, dans la mesure où la structure conflictuelle de celui-ci s'y présente sous les espèces du rapport le plus déséquilibré et le plus contradictoire et où les autres formes de pouvoir y tendent, comme pour s'y abîmer.

LOGIQUE DU DESPOTISME

La logique de ce système aboutit, à travers des changements qui n'en sont pas (révolutions, au sens classique, convulsions brutales), à l'uniformité et à l'immobilité, et elle ignore degrés ou modulations. C'est celle du tout ou rien, comme l'explique le discours, enchâssé dans la lettre CIII, d'un « Européen assez sensé » : le Prince, ayant tout, puisqu'il exerce le pouvoir avec le maximum de force, ne veut rien changer et, de leur côté, les sujets ne peuvent, dans ces conditions, espérer de changement que par la violence extrême : tuer le despote pour usurper sa place. D'autre part, les ressorts qui font fonctionner cette machine consistent dans les affects les plus élémentaires, proches de l'animalité : espoir de récompense et surtout crainte du châtiment (Gold. 1, p. 13) ; le système marche à la terreur ; les rois, protégés par une armée qui n'est qu'une force brute, s'imbibent d'alcool (voir la lettre XXXIII où s'exprime la première réserve sur la Perse) ; on mesure leur grandeur à leur poids (le Mogol, lettre XL).

Un pouvoir hypertrophié s'articule ici, selon des relations de détermination réciproque, à une économie désastreuse, des liens sociaux à la limite de l'humain, la stérilité technique et scientifique : voilà ce qu'Usbek observe en Turquie (p. 83-84). Le gouvernement despotique est donc une « machine inefficace et grossière » (Gold. 1, p. 14), dans la mesure où la dépense d'énergie excède les résultats obtenus, lesquels sont dérisoires mais aussi contradictoires : en particulier, la sévérité excessive des lois (le seul châtiment est la mort) en compromet l'efficacité. La lettre LXXX explique comment, le simple « murmure » se payant aussi cher que la « sédition » ou le régicide, « le désespoir même de l'impunité confirme le désordre, et le rend plus grand (p. 200). Quant au Prince, garanti par une armée puissante mais stupide, il risque d'autant plus qu'il peut frapper plus fort. Ce type de gouvernement se perpétue cependant, voire s'étend.

UNE FATALITÉ ?

Cette réalisation de la structure conflictuelle du pouvoir politique trouve donc des conditions propres à la favoriser. Sans en chercher les raisons — que l'*Esprit des lois* tentera d'élucider —, les *Lettres persanes* constatent que le despotisme est associé à certaines parties de l'espace mondial — Afrique, Asie (lettre CXXXI), mais aussi la Russie (p. 139) —, et qu'il risque de se propager avec les victoires de conquérants tels que les Turcs ou les Tartares (p. 294-295) ; en revanche, il est parfaitement étranger au Nord, d'où ces « nations inconnues », sorties des forêts germaniques, ont déferlé sur Rome, et c'est en Grèce qu'ont fleuri les républiques (p. 293-295). L'étendue des empires, comme c'est le cas pour la Russie (p. 139), y serait-elle pour quelque chose ? Ce qui est certain, c'est que le despotisme s'enracine dans les passions, soit un aspect non négligeable de la « nature » humaine qui pousse à enfreindre les ordres de la raison.

Ainsi lit-on dans l'*Esprit des lois* : « Après tout ce que nous venons de dire, il semblerait que la nature humaine se soulèverait sans cesse contre le gouvernement despotique. Mais, malgré l'amour des hommes pour la liberté, malgré leur haine contre la violence, la plupart des peuples y sont soumis. Cela est aisé à comprendre. Pour former un gouvernement modéré, il faut combiner les puissances, les régler, les tempérer, les faire agir ; donner, pour ainsi dire, un lest à l'une, pour la mettre en état de résister à une autre ; c'est un chef-d'œuvre de législation que le hasard fait rarement, et que rarement on laisse faire à la prudence. Un gouvernement despotique, au contraire, saute, pour ainsi dire, aux yeux ; il est uniforme partout : comme il ne faut que des passions pour l'établir, tout le monde est bon pour cela » (O.C., II, p. 297).

Est-ce pour autant une fatalité ? Le texte mesure le poids de sa présence et la menace qu'il constitue, mais la réflexion qui le prend pour objet l'inscrit dans l'Histoire, ce qui revient à ne pas l'installer dans l'éternité (voir la lettre CXXXVI consacrée aux historiens, dans la visite de la bibliothèque Saint-Victor) ; si cela n'appelle pas forcément une vue optimiste de l'évolution, les Persans que la fiction donne à voir faisant ces réflexions ne sont-ils pas tout de même sortis de Perse ?

FIGURES DE SOUVERAINS

Les détenteurs du pouvoir revêtent toutefois d'autres aspects que ceux du despote asiatique. Les *Lettres persanes* en dessinent quelques figures : princes européens, comme Pierre le Grand (p. 141), Charles XII (p. 282-283), les reines de Suède, Ulrique et la célèbre Christine (p. 308), ou français : Louis XIV (p. 114-115), le Régent qui se profile à la fin de la lettre XCII, le « jeune monarque », futur Louis XV, esquissé au début de la lettre CVII. Ce sont des conquérants, des guerriers (Charles XII, Louis XIV) ou des réformateurs (Pierre le Grand) ; ils ont à redouter les mauvais conseillers (thème traditionnel), courtisans ou surtout ministres (Görtz auprès de Charles XII, Dubois, Law, auprès du Régent), sans parler des maîtresses et du confesseur : « deux grandes épreuves » qu'aura à affronter le futur Louis XV et dont n'a pas toujours triomphé son aïeul (p. 246-247). Le danger du mauvais ministre est particulièrement bien illustré par les discours que tient à Usbek (despote domestique imparfait qui pratique la douceur) le grand eunuque : formant et choisissant des disciples, tel Richelieu choisissant Mazarin, il œuvre dans le sens du despotisme, en attisant la fureur du maître contre les sujet(te)s, mais aussi en développant (voir les lettres LXIV, XCVI, CXLVII, CLI) la thèse machiavélique que le pouvoir n'a pour fin que son propre exercice (voir Gold. 2, p. 61).

Si la structure du pouvoir, en tant que tel, consiste, on le sait, dans un rapport conflictuel, ceux qui l'exercent en donnent une image toujours plus ou moins pathologique ; même peut-être aussi ces reines de Suède dont le geste d'abandon du pouvoir (p. 308), pour admirable qu'il soit, ne laisse pas d'avoir à faire avec la passion (tendresse conjugale extrême, amour fou pour la philosophie). Ici aussi le rapport juste avec la raison reste rare, peut-être impossible, et les dérives sont à redouter.

UN GESTE POLITIQUE ?

Les *Lettres persanes* s'emploient de manière évidente à dénoncer ce risque, ce qui fait de ce texte un acte politique ; mais en quoi celui-ci consiste-t-il exactement ? La polémique immédiate n'est pas absente et la satire vise directement, on l'a vu, des personnalités politiques du plus haut niveau, sans qu'on puisse aller jusqu'à parler de pamphlet. C'est surtout un cri d'alarme qui s'entend ici, lancé à l'adresse du Régent qu'il importe de mettre en garde contre la tentation de l'absolutisme.

Ce personnage que ne vise aucune allusion satirique fait une apparition aussi discrète qu'ambiguë à la fin de la lettre XCII qui annonce la mort du Roi-Soleil et surtout la cassation de son testament par le Parlement, dès le lendemain, à l'initiative du Régent dont il « bornait l'autorité ». Cet acte mérite des éloges, dans la mesure où il concilie le désir de liberté du peuple et le souci d'asseoir l'autorité du monarque sur un fondement légitime par le recours au Parlement : cette institution vénérable, réduite par Louis XIV à ses seules fonctions judiciaires, était en effet censée garantir la « liberté publique » contre les débordements despotiques et, par là, la légitimité de la monarchie. Sa réactivation n'est peut-être qu'une manœuvre de ce prince, qualifié d'entrée de jeu d'« habile », si l'on est sensible à l'ambiguïté des formules : il « a voulu se rendre agréable au peuple », il « a paru d'abord respecter cette image de la liberté publique » ; craintes que viendra confirmer l'exil à Pontoise de ce « grand corps », devenu encombrant dès 1718 (lettre CXL).

L'OPPOSITION NOBILIAIRE

Ce discours politique relève des opinions d'une opposition nobiliaire à l'absolutisme, hostile à la vieille Cour, dans la ligne de Fénelon ou de Saint-Simon — dont la mort du duc de Bourgogne, peu avant l'arrivée des Persans à Paris, a momentanément ruiné les espoirs.

Dans une page du *Spicilège*, Montesquieu a évoqué ces grandes espérances : « Ce fut une furieuse plaie pour le royaume que la mort du dernier Dauphin [...]. Quoiqu'on n'ait pas bien connu tous les divers plans de son gouvernement, il est néanmoins certain qu'il avait les plus grandes idées du monde. Il est sûr qu'il n'y avait rien dans le monde qu'il haït tant que le despotisme. Il voulait rendre toutes les diverses provinces du Royaume en États comme la Bretagne et le Languedoc. Il voulait qu'il y eût des conseils, et que les secrétaires d'État ne fussent que les secrétaires de ces conseils. Il voulait réduire les charges de robe à ce qui était nécessaire. Il voulait que le Roi eût une espèce de liste civile, comme en Angleterre, pour l'entretien de sa maison et de sa cour, et qu'en temps de guerre cette liste civile fût taxée comme les autres fonds, car, disait-il, il n'est pas juste que tous les sujets souffrent de la guerre, et que le prince n'en souffre pas. Il voulait que sa Cour eût des mœurs.

L'affaire de la Constitution, il l'aurait finie : le Roi avait, sur la fin de son règne, une grande confiance en lui, et il voulait la lui renvoyer » (O.C., II, p. 1429-1430).

Tournés vers les antiques lois fondamentales du royaume ou les origines de la monarchie (avec Boulainvilliers qu'a connu Montesquieu), ces théoriciens savent aussi projeter des réformes concrètes en vue d'une restauration aristocratique ; c'est sur ces cercles que s'est d'abord appuyé Philippe d'Orléans. Mais tout n'est pas si simple et les discussions sur les intérêts au nom desquels parlent les *Lettres persanes* restent parfaitement légitimes.

Noblesse d'épée ou noblesse de robe ? Le baron de Montesquieu, président à mortier au Parlement de Bordeaux, appartient aux deux mais ses Persans ne manifestent d'indulgence excessive ni pour l'une ni pour l'autre. Ainsi l'Université n'est pas le seul « grand corps » à s'occuper de vétilles et Rica s'amuse à rappeler que le Parlement s'est aussi mêlé du grave problème de la prononciation de la lettre Q : « Il faisait beau voir les deux corps de l'Europe les plus respectables occupés de décider du sort d'une lettre de l'alphabet », sans parler des « états d'Aragon et de Catalogne », convoqués aussi par le dernier paragraphe de cette lettre CIX ; quant aux grands, noblesse de cour soumise aux caprices du monarque, ce n'est plus la « vertu » ni « le courage militaire » qui les distinguent et leur « naissance » même a moins de valeur que leur éventuel « crédit » : « Un grand seigneur est un homme qui voit le roi, qui parle aux ministres, qui a des ancêtres, des dettes et des pensions » (p. 212). L'« égalité » (constatée au début de cette lettre LXXXVIII) due à l'ignorance de la « jalousie des rangs » (principe de hiérarchisation auquel se substitue de fait celui des signes extérieurs de la richesse : « le premier [...] est celui qui a les meilleurs chevaux à son carrosse ») n'a rien de laudatif : elle n'est que confusion dans la foule et nivellement social, réprouvés par un aristocrate, voire un féodal.

MONTESQUIEU LIBÉRAL ?

Mais ce féodal (les meilleurs esprits se sont attachés au problème : féodal ou libéral, sans que les débats soient encore clos) est capable de prendre ses distances par rapport aux ex-Frondeurs (si l'on suit J. Ehrard sur ce point peu évident), pour viser moins Mazarin, dans la lettre CXI, que « la légèreté brouillonne du cardinal de Retz[1] » ; il l'est aussi surtout d'exprimer des idées qu'on a pu dire libérales, au prix peut-être de quelque anachronisme : critique de « l'injuste droit d'aînesse », fondement de la féodalité, au nom justement de « l'égalité des citoyens » (p. 269-270) ; évaluation de la grandeur en termes de richesse économique et de poids démographique et non en quantité de numéraire ou en victoires militaires ; conception contractualiste de l'État.

Aucun de ces arguments ne saurait être versé sans discussion au dossier d'une « politique naturelle », anticipant les « grands thèmes de la Philosophie militante[2] ». Sans parler de la condamnation — indéniable — du despotisme, qui se formule depuis des lieux idéologiques très différents, en particulier les milieux nobiliaire et parlementaire, J. Goulemot[3] a pu montrer que le rejet du droit d'aînesse, en favorisant la division de la richesse aristocratique, rendait celle-ci mieux apte à participer à l'enrichissement général ; de même que (éclairée rétrospectivement, il est vrai, depuis l'*Esprit des lois*) la vénalité des charges bien comprise (sélection et récom-

1. « La signification politique des *Lettres persanes* » (1970), repris in *L'Invention littéraire au XVIIIe siècle : fictions, idées, société*, PUF, 1997, p. 26-27.

2. *Ibid.*, p. 31.

3. « Questions sur la signification politique des *Lettres persanes* », in *Approches des Lumières* éd. Klincksieck, 1974, p. 213-225.

pense d'une élite bourgeoise) constituait un facteur d'intégration de ces couches sociales à la noblesse. Tant il est vrai que si, à cette date, l'ascension d'une bourgeoisie dont l'idéologie n'est ni constituée ni autonome s'opère par adoption des valeurs nobiliaires, un mouvement d'intégration inverse n'est pas impossible et nombreux sont les membres de la noblesse (groupe social dont l'hétérogénéité n'a rien à envier à celle du Tiers État) qui, sans perdre de vue leurs intérêts spécifiques, se sont adaptés aux formes nouvelles de la richesse et de la puissance[1].

1. Voir Dossier, p. 135.

Les Persans de Montesquieu sont eux aussi parfaitement capables d'en prendre conscience : sur ce plan encore la religion catholique se voit incriminer car le monachisme entrave la circulation féconde des capitaux (voir la lettre CXVII qui n'accorde pas plus de cinq cents ans de survie au catholicisme) ; or les vraies richesses consistent dans l'activité industrielle et commerciale, non dans l'accumulation de métaux précieux, lesquels ne sont que « les signes » et non les causes de la puissance d'un État (p. 268), ainsi que dans les ressources humaines d'une population nombreuse. On n'est pas si loin des aspects positifs du Système de Law... Mais les désordres qu'il a déchaînés « réveillent la nostalgie d'un ordre terrien et patriarcal qu'exprimait déjà l'apologue des Troglodytes et que l'optimisme conquérant des années 1715-1718 n'avait pas complètement dissipée[2] ».

2. J. Ehrard, *op. cit.*, p. 29.

POUR UNE MONARCHIE RÉNOVÉE

1. C. Spector, *op. cit.*, p. 70.

2. J. Ehrard, *op. cit.*, p. 28.

3. Voir Dossier, p. 134.

Il est difficile en effet de ne pas caractériser comme nobiliaire ce discours qui admet la « singularité sociale » des Grands[1] et qui, s'il relève de milieux où se recrute alors essentiellement l'opposition explicite et constituée à l'absolutisme, n'en mène pas moins la critique dans l'intérêt même des rois : une monarchie rénovée, tempérée par les ordres intermédiaires qui auraient recouvré leur poids politique, serait capable de concilier « ordre aristocratique et prospérité du négoce[2] ». C'est en partageant le pouvoir, comme l'a essayé le Régent avec la Polysynodie[3], qu'on est le plus puissant. Ici l'argument politique mobilise l'historiographie : contre les juristes de l'absolutisme qui invoquent l'*imperium romanum*, on en appelle aux libertés originelles des Francs, vainqueurs des Romains et paradoxalement soumis à ce concept de vaincus étrangers — sans parler des « constitutions des papes » (p. 233), également importées ; pourquoi avoir abandonné, déplore encore la lettre C, « les lois anciennes, faites par leurs premiers rois dans les assemblées générales de la nation », forme primitive des Parlements, garants des lois fondamentales ?

Mais celles-ci sont-elles issues d'un contrat (notion qui, au reste, ne suffit pas pour parler de libéralisme) entre Prince et peuple ? Ce texte (contrairement à la lettre CXXXI qui insiste sur les bornes imposées à l'autorité du Prince par les seigneurs qui la partagent avec lui) en attribue la confection à ces « premiers rois » et, au reste, que comprennent ces assemblées de la nation ?

> Un texte d'environ 1738 se montrera très sévère pour ces organismes politiques féodaux : « Les assemblées de la Nation n'étaient que des conjurations et des prétextes continuels de vexation, tantôt pour dépouiller un seigneur, tantôt pour le perdre : tout le monde cherchait à s'opprimer ; personne à se secourir » (O.C., I, p. 1097-1098).

Non écrites à proprement parler, ces lois le sont dans l'histoire des origines de la monarchie franque : discours typique de la réaction aristocratique qui justement réserve à la noblesse le privilège de la liberté héritée des conquérants germaniques.

LA VÉRITABLE ARISTOCRATIE

Cette liberté serait-elle donc plus un privilège féodal qu'un droit naturel ? Le désir de liberté n'en est pas moins dit enraciné dans la nature humaine (p. 303). Quant à cette singularité sociale aristocratique, si elle a pour conséquences des privilèges, elle implique aussi des devoirs et, comme le montre C. Spector[1], les *Lettres persanes* parlent au nom d'une éthique d'ordre : elles déplorent le déclin des valeurs de service au profit des valeurs de jouissance, dénoncées dans les gratifications dispensées aux courtisans vaniteux et oisifs, la « faveur » et le « crédit » dont certaines femmes intrigantes et intéressées

1. C. Spector, *op. cit.*, p. 70.

viennent encore pervertir la distribution (lettre CVII). Et ce service, belle valeur féodale, doit s'entendre comme soumission réfléchie qui préserve l'indépendance. Car, si la grandeur n'est plus la gloire militaire des conquérants (lettres LXXVIII, XCV, CXXI), elle ne se réduit pas non plus à la puissance économique : elle est excellence morale et le véritable objet de l'émulation est la justice, la bienveillance universelle.

Pourquoi serait-ce incompatible avec la noblesse, si on a de celle-ci la haute idée exprimée dans la lettre LXXIV ? Pourquoi un aristocrate doublé d'un parlementaire ne serait-il pas capable de concevoir les normes absolues, surtout s'il s'agit d'un penseur éclairé entretenant un rapport privilégié à l'universel ? Ne lit-on pas dans ses *Pensées* ce très beau texte : « Si je savais quelque chose qui me fût utile, et qui fût préjudiciable à ma famille, je le rejetterais de mon esprit. Si je savais quelque chose utile à ma famille et qui ne le fût pas à ma patrie, je chercherais à l'oublier. Si je savais quelque chose utile à ma patrie, et qui fût préjudiciable à l'Europe, ou bien qui fût utile à l'Europe et préjudiciable au genre humain, je le regarderais comme un crime » (O.C., I, p. 981).

Méditation qui conduit en face d'un « Grand Être » : « Dieu immortel ! Le genre humain est votre plus digne ouvrage. L'aimer, c'est vous aimer, et, en finissant ma vie, je vous consacre cet amour » (O.C., II, p. 1041).

UNE SCIENCE SOCIALE ET POLITIQUE ?

Mais, si le but visé par l'auteur des *Lettres persanes* est certainement d'agir sur les esprits — encore que l'accueil réservé naguère à son mémoire financier par le Régent ait pu relativiser cet espoir —, le souci politique qui se manifeste ici est aussi et surtout théorique : comprendre et, par là, maîtriser intellectuellement le fonctionnement des gouvernements. Plus que les spéculations sur la convention originelle ou pacte d'association (lettre XCIV), c'est la logique des systèmes politiques qui intéresse Montesquieu : la structure des pouvoirs, leurs conditions, leurs limites (mœurs, religion, intérêts mêmes du Prince), ainsi que l'articulation des divers niveaux d'une formation sociopolitique, sa rationalité immanente (plus qu'esquissée pour le gouvernement despotique) — ce qu'il appellera plus tard l'« esprit des lois ».

Peut-on déjà parler d'une typologie des gouvernements ? Elle serait incomplète : la réflexion s'attache longuement au modèle asiatique ou despotique, on l'a vu, et aux monarchies telles qu'on peut les observer, mais pratiquement pas aux républiques qui, on va en reparler, représentent presque une exception. Mais, surtout, ne sont pas encore élaborés les concepts de « nature » et de « principe » que l'*Esprit des lois* mettra en œuvre. Le despotisme marche à la crainte (rien n'est dit alors sur le mystère redoutable de l'amour du despote). Quant à l'honneur, même s'il n'est pas suffisamment conceptualisé, comme le souligne J. Goldzink, il pourrait cependant, à ce stade de la réflexion, constituer le principe d'un classement des régimes politiques selon le degré du « désir de gloire » lié à la liberté (lettre LXXXIX), qui isolerait le despotisme car « la gloire n'est jamais compagne de la servitude » (p. 214) ; les républiques antiques ainsi que « les pays où l'on peut prononcer le mot de patrie » (*ibid.*) sont alors présentés comme les lieux où se réalise l'essence même de l'honneur qui, telle la vertu (mentionnée ici à côté de la « réputation ») totalement désintéressée, trouve sa satisfaction dans le dévouement au bien public.

Cette pureté n'existe pas dans la monarchie (lettre LXXXIX) : l'honneur est, chez les sujets, passion et préjugé dont le Prince a intérêt à mobiliser la force et à ménager la susceptibilité (blessé dans son honneur par « quelque préférence » ou « la moindre marque de mépris », un sujet quitte tout service et se retire chez lui), pour le plus grand bien de la nation dont il est le « trésor sacré » : l'honneur d'une noblesse héréditaire jouit en effet d'une certaine autonomie par rapport aux lois civiles et divines et reste le meilleur rempart contre la tyrannie royale. Il est reconnu capable d'induire l'obéissance (même si sa définition politique n'est pas au point), sans exiger l'asservissement puisqu'il procède du désir de gloire (aussi l'eunuque, dont la loyauté s'enracine dans des motifs infâmes, abuse-t-il, selon C. Spector[1], de ce terme), tout en constituant un facteur de

---

1. *Ibid.*, p. 79.

résistance et un ferment de liberté. Il combat l'arbitraire sans sombrer dans le désordre car il sait légiférer.

CES BIZARRES ANGLAIS...

Le lien politique prend un tout autre visage chez les Anglais qui disent là-dessus, selon Usbek (p. 239-240), des « choses bien extraordinaires » : il se fonde sur la « gratitude », dont les liens familiaux (amour et bienfaits réciproques et non-soumission inconditionnelle à l'autorité paternelle ou maritale) fournissent les meilleurs exemples ; c'est un contrat, même si le mot n'est pas prononcé, qui lie tant que les contractants respectent leurs engagements et au nom duquel s'affirme ici le droit de résistance, selon cette version libérale extrême du droit naturel, attribuée aux Anglais. Si la conduite du Prince va à l'encontre du bonheur de ses sujets, ceux-ci « rentrent dans leur liberté naturelle ». Mais cette liberté, en quoi consiste-t-elle et n'appelle-t-elle pas une régulation, la construction d'un juste rapport de convenance ?

PRAGMATISME ET ÉTHIQUE

Il ne s'agit pas en effet seulement de comprendre, classer ou expliquer, mais de hiérarchiser d'un point de vue pragmatique et aussi éthique : non seulement le maintien du régime mais le bonheur des peuples comme fin « naturelle » du politique et de sa science. Ainsi l'examen comparé, dans la lettre CII, des manières d'exercer le pouvoir en Orient et en Europe tourne à l'avantage des royaumes occidentaux, du point de vue de l'intérêt des Princes.

C'est en Perse toutefois qu'un fragment, non recueilli, aux accents malebranchiens, situe le bon monarque : « Tu me dis que notre grand monarque n'est occupé qu'à rendre aux sujets une justice inviolable, qu'à retirer les petits de l'oppression des grands, et à faire respecter les grands par les petits. Gloire à jamais à ce généreux prince ! Veuille le Ciel que sa puissance n'ait pas plus de bornes que sa justice ! » (p. 382-383).

Mais, de façon générale, le meilleur gouvernement, « le plus conforme à la raison », est celui qui s'approche le plus du rapport juste, en entendant par là moins celui qui réalise une norme absolue que « celui qui va à son but à moins de frais » (p. 199). Économie de moyens, simplicité, élégance donc, mais en vue de quel but ? Sera-ce seulement l'efficacité, le maintien de la structure politique existante, à savoir, comme le précise cette lettre LXXX, assurer la soumission du peuple, donc préserver les intérêts du Prince ? Que signifie conduire les hommes « de la manière qui convient le plus à leur penchant et à leur inclination » ? Et qu'est-ce que cette inclination ? Quelles satisfactions vise-t-elle ? Assouvissement des instincts ou exigence de justice — dont l'harmonie avec bonheur et liberté ne va pas, au reste, de soi ? Les réponses empiriques d'une raison calculatrice semblent ici de mise et le meilleur gouvernement saura minimiser la contrainte en maximisant l'obéissance, accomplir la « nature » tout en ne perdant pas de vue la norme du devoir être.

Marat saura apprécier l'intelligente modération de ces *tempéraments*, dans son *Éloge de Montesquieu* (1785) : « Il enseigna à ceux qui font les lois à respecter celles de la nature, les premières, et les plus sacrées de toutes.

Il apprit à ceux qui gouvernent, que les devoirs des princes et des sujets sont réciproques ; et s'il plia le peuple sous le joug de l'autorité, ce fut pour le rendre heureux dans l'empire de la justice.

Il fit sentir aux princes la nécessité de tempérer leur autorité pour l'affermir.

Il fit sentir aux sujets les divers avantages que les lois leur procurent, et les porta à les chérir.

Il éclaira les gouvernements sur leurs vrais intérêts, fit détester l'abus du pouvoir, fit aimer l'autorité légitime, rendit sacré le respect dû aux lois et ne chercha à les perfectionner qu'afin de mieux affermir leur empire. »

---

1. *Ibid.*, p. 86-87.

D'où l'intérêt de l'honneur[1], en tant que principe de la logique de domination bien comprise : désir de gloire symbolique exigeant un acte de l'imagination qui dégage de la bestialité ; plus rentable que la crainte et même préférable à la vertu qui oblige à des renoncements pénibles ; facteur de médiation du singulier à l'universel. Une monarchie modérée serait donc le bon gouvernement.

LES LEÇONS DE L'HISTOIRE ?

Peut-on espérer sa réalisation ? Peut-être, puisque l'Histoire existe, mais l'évolution de celle-ci va-t-elle dans ce sens ? La lettre CXXXI en propose une esquisse : au commencement — selon nos connaissances — était la monarchie, probablement dérivée de la famille, dont la dégradation en tyrannie a provoqué la révolte des Grecs qui ont instauré les républiques et diffusé ce régime dans leurs colonies plus ou moins lointaines, jusqu'à Rome. Mais existent aussi chez « les peuples du Nord et d'Allemagne », non moins libres que les Grecs et leurs émules, des formes politiques au statut incertain, « armées ou républiques » dont les « chefs » ont été pris à tort pour des rois. Schéma historique approximatif, pour ainsi dire sous-tendu par un schéma théorique qui situe toujours à l'origine la monarchie, tout en la montrant habitée d'une contradiction explosive, propre à ouvrir sur le despotisme mais aussi sur la république dont le surgissement apparaît au moins aussi prévisible. Malgré les risques dus au poids des gouvernements asiatiques et aux menaces inscrites dans la structure des monarchies européennes, ne faut-il pas se féliciter des victoires du prince Eugène de Savoie sur les Turcs (p. 277) et des tentatives de réforme de Pierre le Grand (p. 141) ?

Réserve d'observations d'où tirer peut-être des lois capables d'étayer ces espoirs, l'Histoire, telle que la lit Rhédi à Venise (p. 253) ou que la rencontre Rica à la bibliothèque Saint-Victor (p. 302-304), reste plutôt savoir livresque sur le passé. L'expérience de l'histoire contemporaine est malheureuse et sa constitution en savoir fait peut-être ici l'objet implicite d'un questionnement, si l'on prête attention aux bizarreries manifestes de la datation. Les *Lettres persanes* seraient-elles aussi, à partir du problème des plus visibles de la connaissance de l'Histoire, une réflexion sur la possibilité et les conditions du savoir ?

IV LES *LETTRES PERSANES*, RÉFLEXION ÉPISTÉMOLOGIQUE : SAVOIR ET FICTION

On entrera dans l'examen de cette question par le cas de l'Histoire, largement présente dans ce texte.

Usbek et Rica vivent et relatent les principaux événements de la fin du règne de Louis XIV et de la quasi-totalité de la Régence. Rica consacre une journée et une lettre à la revue des livres d'histoire (ecclésiastique et civile, antique et moderne, soit romaine et européenne), au cours de sa visite de la bibliothèque Saint-Victor (p. 302-304) ; Rhédi — grand lecteur d'historiens, comme Usbek (p. 243) — fait défiler devant lui « tous les temps » et, dépassant les « plaisirs » de la variété pour exercer son regard aux comparaisons, pose à Usbek, à propos de la dépopulation qu'il observe à l'échelle mondiale, la question clé de l'Histoire : pourquoi ces « changements », source de la différence des âges (p. 253) ?

C'est à l'évocation des événements contemporains qu'on s'attachera car c'est à propos de ce contact immédiat avec le réel historique que se pose le mieux le problème de la constitution du savoir et de l'écriture de l'Histoire. Attentifs à l'actualité, Usbek et Rica informent leurs correspondants de tout ce qui se passe d'important en France — et parfois ailleurs, en Suède par exemple, dont la lettre CXXVII évoque la mort du roi, Charles XII, ainsi que le procès du Premier ministre, et la lettre CXXXIX, l'abdication de la reine héritière — de 1712 à novembre 1720, de manière plus ou moins explicite ; aussi les éditeurs des *Lettres persanes* s'emploient-ils à déchiffrer les allusions à des événements moins connus que la mort de Louis XIV ou la faillite de Law — le procès pour impuissance du mari de la marquise de Gesvres par exemple (p. 210) —, tout en soulignant et en tentant d'expliquer les multiples inexactitudes de cette prétendue chronique historique.

DATES ERRONÉES

<small>1. *Op. cit.*, p. 19-26. Ce chapitre s'appuie largement sur cette intéressante étude d'où proviennent les citations de ce paragraphe.</small>

On y rencontre en effet de « singulières négligences dans le traitement de la réalité historique » et, selon J.-P. Schneider[1], ce n'est pas le moindre paradoxe de ce texte énigmatique dont il a par ailleurs souligné, on l'a vu, l'« élaboration minutieuse » de la chronologie romanesque. Que la date de l'événement évoqué ne soit pas celle de la lettre, ce retard de la narration n'a rien d'invraisemblable. Schneider étudie les lettres LXXXVI, XCII, CI, CXXIII, CXXX, CXL, qui présentent des cas de « différé en accordéon », depuis le « reportage » quasi en direct de l'exil du Parlement à Pontoise en novembre 1720 (p. 309) ou, avec seulement trois jours d'écart, de la mort de Louis XIV en septembre 1715 (p. 218), jusqu'aux défaites turques de 1716-1717 mentionnées en 1718. Surprenantes en revanche sont les attributions de dates inexactes : soit postérieures aux événements en question (création de la Chambre de justice, annoncée dans la lettre XCVIII à la date de sa suppression, un an après en 1717, ou scandale des libéralités royales, déplacé de 1715 à 1718, dans l'édition de 1754), peut-être pour étoffer la série des lettres pessimistes de cette période (nouvel indice de la primauté de l'histoire sur l'Histoire), soit, surtout, antérieures : promulgation de la bulle *Unigenitus* en 1710 au lieu de 1713 (lettre XXIV), rebondissement de la Querelle des Anciens et des Modernes en 1713 au lieu de 1714-1715 (lettre XXXVI), scandales académiques survenus en 1718 présentés comme passés, en 1715 (lettre LXXIII), légère anticipation de l'arrestation du duc du Maine (lettre CXXVI).

Trois cas de figure donc dans la manière dont s'articulent roman et actualité historique. Schneider interprète comme mise en relief, dans le premier, la coïncidence parfaite des dates et voit ainsi soulignées, dans la mort de Louis XIV et l'exil du Parlement, deux scènes symboliques : mort puis résurrection d'un certain despotisme. Quant aux deux autres espèces d'anomalies, il propose, dans la mesure où les événements antidatés ont affaire avec l'année cruciale de 1715 (pour y être arrivés réellement ou y être ramenés artificiellement), de voir là autant de moyens pour constituer cette année en point focal de l'Histoire, au prix de manipulations diverses — dans l'exposé desquelles nous n'entrerons pas —, inverses de celles qu'on a pu supposer pour 1717-1718. Hypothèse ingénieuse, non démontrable certes, mais qu'il est licite de préférer aux explications par l'inadvertance de Montesquieu. De toute façon, ce qui ressort de ces analyses, c'est que la fiction et non l'Histoire sert de base aux *Lettres persanes* : « Les événements romanesques n'y sont pas distribués par-dessus les événements historiques et par rapport à eux, mais, bien au contraire, ce sont les références à l'Histoire qui sont greffées en divers endroits sur un roman qui semble presque toujours premier » ; et cette primauté du fictif reste à interroger.

DÉDRAMATISER LE TEMPS

On peut observer par ailleurs, dans le traitement du temps romanesque, des effets, inverses, de ralentissement ou d'accélération, et mettre en évidence des séries où le temps romanesque stagne (lettres XI-XIV sur les Troglodytes, lettres CXII-CXXII sur la dépopulation, lettres CXXXIII-CXXXVII sur la bibliothèque Saint-Victor), au profit d'une réflexion sur des sujets qui, justement, concernent le temps historique : son évolution, ses effets, en particulier politiques, les moyens de le maîtriser, soit l'empêcher de nuire, sinon l'arrêter. Autant de tentatives pour élaborer un savoir qui ne se révèle possible que sur un temps dédramatisé : c'est parce qu'il est passionnellement impliqué dans le vécu du sérail que la conduite de ses femmes, Roxane en particulier, reste pour Usbek complètement opaque (lettre XXVI), mais cet aveuglement (bien évidemment moindre dans le cas de la vie politique française, à laquelle il est confronté mais qu'il observe sans y participer) ne laisse pas de subsister et le réel historique immédiat reste difficile à maîtriser. Aussi se trouve-t-il curieusement mis à distance : la catastrophe majeure de la faillite de Law devient la relation par Usbek d'un voyage dans les Indes (éloignement dans l'espace et dans le temps) et le verbe *voir*, qui dit le contact immédiat de l'évidence, se conjugue au passé dans la litanie des « J'ai vu » de la grande lettre CXLVI. La lettre CXLII, adressée à Usbek par Rica, jouait déjà de cette mise à distance de l'actualité la plus aveuglante par le système des énonciations décalées : insertion de la lettre d'un savant, contenant elle-même un « fragment d'un ancien mythologiste », contant, à la manière de *Télémaque*, les aventures du fils d'Éole, allégorie de Law.

C'est au prix d'un recul dans le passé de l'histoire antique, voire de la fiction mythologique (lettres sur les Troglodytes), qu'on peut espérer approcher le mystère du temps ; mais n'est-ce pas l'indice d'un constat d'impuissance que l'encadrement, par des lettres d'eunuques à d'autres eunuques, de la séquence consacrée à cet apologue, par lequel Usbek prétend répondre au problème de la possibilité d'un gouvernement capable de rendre un peuple heureux ? Au reste, le discours désolé du vieillard requis de devenir roi laisse la question ouverte sur des perspectives temporelles inquiétantes.

ROMAN ET HISTOIRE

Ainsi, donner tout son poids au « roman », avec sa forme épistolaire (parcellisation des discours de savoirs éclatés) et sa chronologie minutieuse, mais disloquée, livrée par indices à un lecteur diligent, et articulée à la chronologie historique contemporaine, elle aussi éclatée, voire approximative (elle n'est peut-être présente que pour souligner cette relation), peut amener à envisager que la fiction romanesque, maîtrisée, se substitue à l'Histoire immédiate, saisie par fragments, erronée : elle en est, non l'allégorie, mais la métaphore, c'est-à-dire à la fois, à défaut de concepts (que l'*Esprit des lois* s'emploiera à forger), un principe de cohérence, même illusoire, et un avertissement prémonitoire. Les *Lettres persanes*, en tant que « tout » romanesque et idéologique, peuvent aussi poser la question de savoir comment donner sens au réel, saisir les principes d'une cohérence postulée, mais aussi suggérer l'idée que ces données éparses s'appréhendent par une construction analogique qui s'apparente à la fiction. Le cas privilégié de l'Histoire ouvre sur la question générale de savoir ce que c'est que savoir.

VOIR

Suffit-il de voir pour connaître et qu'est-ce que signifie voir ? Le thème s'impose, saute aux yeux : central dans les séquences occidentales, puisque les voyageurs sortent de Perse pour aller voir l'Europe, il revêt un caractère obsédant avec le roman de sérail où la vision fait l'objet de règles et d'interdits, de sorte que ces deux aspects opposés (l'Orient place le regard sous haute surveillance alors qu'en Occident « tout se voit », écrit Rica dans la lettre LXIII) conduisent au même résultat : mettre l'accent sur l'acte de voir ; celui-ci se trouve mis en scène à tous les niveaux (le « récit » et ses actes, constitués ou suscités par les lettres et racontés par les lettres ; les objets, orientaux ou européens, des discours des lettres ; la lecture même des *Lettres persanes*) et sous diverses formes, concentrées en Usbek : voir, être vu, se voir, être vu voyant, ne pas voir. Notons également la polysémie de ce terme dont le sens de perception visuelle, appréhension de ce qu'on a devant les yeux — réputée à tort immédiate — sert de métaphore à la connaissance intellectuelle.

La mise en scène de Persans venus voir, c'est-à-dire apprendre, dans un monde où « tout se voit » et où tous voient — en particulier, et de plus en plus, les femmes (depuis les jalousies italiennes de Livourne, remarquées d'emblée par Usbek [p. 89], jusqu'aux salons parisiens) —, donne à voir dans les propos de ces voyageurs (récits de leurs expériences ou réflexions sur celles-ci) comment savoir ne se réduit pas à voir, alors que voir implique toujours un savoir. Peu de spectacles, source éventuelle de pittoresque, objets de descriptions minimales : les campagnes turques « désolées » (p. 83), Venise vue par Rhédi « sortir de dessous l'eau » (p. 105) ; quelques croquis : l'alchimiste à la perruque de travers et au pourpoint décousu (p. 124) ou le capucin dont l'accoutrement « bizarre » — « Sa barbe descendait jusqu'à sa ceinture de corde ; il avait les pieds nus : son habit était gris, grossier et en quelques endroits pointu » — fournirait à un peintre le sujet d'une « fantaisie » (p. 136) ; le palais de justice (p. 209) aux « grandes salles » duquel on accède, après avoir traversé les boutiques d'un « nombre infini de jeunes marchandes », est traité moins comme un lieu pittoresque que comme une institution ; ce qui est observé et rapporté, ce sont des scènes, des rituels sociaux, aspects de la vie de Paris affrontée dans son mouvement vertigineux.

D'où la suggestion par la mise en roman — qui pratique le pot-pourri grâce à la liberté épistolaire et ménage un laps de temps, souligné (« Nous sommes à Paris depuis un mois... » [p. 90]) : Rica commence ainsi sa première lettre parisienne, entre ces premiers contacts et la première parole — qu'il n'existe pas de connaissance immédiate : les réalités nouvelles s'appréhendent dans une confusion qui étourdit, rend muet et aveugle ; tohu-bohu initial par rapport auquel il faut prendre du champ pour organiser et voir/comprendre ces données immédiates et éparses, fondues en un magma indifférencié ou fragmentées en flashes discontinus.

VOIR EXIGE D'AVOIR VU

Mais cette organisation en spectacle ne peut s'opérer qu'en fonction d'un savoir préalable : c'est un regard persan qui choisit en un premier temps le visible. On ne voit que parce qu'on a déjà vu ; la vision exige éducation, temps, Histoire, tout un système de références préalables. L'opération est réussie s'il y a équivalence, donc traduction immédiate possible : moine/« dervis » (lettre XIX), « tours et mosquées » de

Venise (lettre XXXI) ; sinon, comme l'a bien montré J. Starobinski (p. 16-17), la connaissance passe par la description minutieuse des apparences extérieures ; ce qui, dans la mesure où cette pure vision s'opère hors sens, produit des effets comiques : c'est un aspect de l'humour que de s'attacher avec une application myope à la matérialité même d'objets ou de conduites détachées des réseaux de significations qui les justifient, pour en révéler la gratuité, la mécanisation, l'artificiel, le bizarre, et susciter, au-delà du plaisir de la démystification, celui, vertigineux, du non-sens.

Un cas intermédiaire consiste dans l'identification erronée d'objets ou de conduites, ce qui produit aussi des effets comiques : Rica, habitué aux « scènes muettes » pratiquées en Perse, croit en voir se jouer dans les loges de la Comédie-Française (p. 99). Dufresny avait ainsi fait identifier à son Siamois le jeu de lansquenet comme une cérémonie religieuse[1].

1. Voir Dossier, p. 141-143.

Toute une société est ainsi examinée « du dehors et comme si on la voyait pour la première fois », grâce à cette « démarche de l'esprit qui consiste à se feindre étranger à la société où l'on vit » : c'est ce que R. Caillois (O.C., p. V-VI) a appelé la « révolution sociologique », « conversion » qui exige une « puissante imagination », une aptitude à la feinte nécessaire à la connaissance, bien notée, par D'Alembert, à propos du travail de Montesquieu préparant l'*Esprit des lois* : « D'abord il s'était fait en quelque sorte étranger dans son propre pays afin de mieux connaître[2]. »

2. « Éloge de Montesquieu », *Encyclopédie*, t. V, p. VIII.

Le lecteur de 1721, qui voit le Persan voir sans comprendre les liaisons qui donnent sens, se déprend des habitudes qui empêchent de voir vraiment les conduites ou usages estimés « naturels ». Quant aux Persans fictifs, ils pourront, à leur tour, voir et comprendre, une fois ébranlées leurs propres habitudes, mais aussi une fois saisis les systèmes qui donnent sens aux réalités occidentales. D'où l'importance de la durée de leur séjour : au bout de deux ans, en 1714, Rica écrit à Usbek : « mon esprit perd insensiblement tout ce qui lui reste d'asiatique et se plie sans effort aux mœurs européennes » (p. 162). Ils entrent dans un autre système d'habitudes mais sans s'y engluer car ils ont la possibilité de le comparer : ils viennent d'un autre par rapport auquel ils prennent de plus en plus de distance ; ce qui permet de l'analyser aussi, c'est-à-dire d'en saisir les liaisons constitutives, les rapports de détermination réciproque, les principes d'intelligibilité, en un mot, pour parler encore comme Leibniz, la raison suffisante — à la fois l'arbitraire et la nécessité. Ne vivre, au sens plein du terme, ni en France ni en Perse, être libre de toute attache particulière, d'ordre privé ou national, et passionnelle, rend capable d'accéder, tel Montesquieu qui s'est feint étranger, à la véritable connaissance, dans une espèce d'entre-deux des cultures, point de vue surplombant d'où, à partir des différences, s'exige et se conçoit l'universel. Exigence et quête qui n'ont rien à voir avec les prétentions hégémoniques et intolérantes des religions, chrétienne ou musulmane, qui lisent chez l'autre les « semences » de leur propre vérité : ainsi Usbek (p. 110-112) pose à un « sublime dervis » la question — bien connue des chrétiens qui la posent en sens inverse — du salut des chrétiens, peut-être récupérables pour avoir entrevu la « Vérité » qui ne peut que percer un jour les ténèbres mais ce sera... celle de Mahomet !

POUVOIRS DE LA PHILOSOPHIE

Qu'en sera-t-il de la philosophie qui cherche l'universel dans les sciences de la nature comme dans celles de l'homme ? Son incarnation en Usbek revêt des aspects inquiétants : il se résout mal à quitter le continent natal (longs arrêts à Erzeron puis à Smyrne) vers lequel la nostalgie tourne ses regards, sans parler de son inquiétude jalouse et, au reste, qu'était-ce exactement que son « envie de savoir » (p. 51), sinon le « supplément » du désir amoureux éteint et de l'action politique interdite (p. 60) ? Faut-il devenir eunuque pour n'être pas aveugle ? Mais que vaut la vision de l'eunuque qui ne jouit que d'un pouvoir délégué aléatoire, alors que les merveilleux pensionnaires des Quinze-Vingts, qui se dirigent admirablement et dirigent les autres (p. 106-107), sont loin d'être inaptes à l'action ? Ces figures mutilées, sans sexe ou sans yeux, circulent dans le texte pour y tresser les fils des thèmes du voir, du savoir et du pouvoir.

Il est pourtant, semble-t-il, de vrais savants qui accèdent à l'universel. La lettre XCVII

— écrite par Usbek à un éminent dervis et terminée par des protestations de fidélité religieuse — évoque les philosophes occidentaux parvenus à saisir l'ordre de l'univers physique, soit à se situer pratiquement au point de vue de Dieu, le suprême architecte qui l'a édifié à partir du chaos. Mais, demandera la lettre CXIII, la toute-puissance et l'immuabilité divines n'excluent-elles pas l'idée de création, à tel moment, d'une matière, qui serait alors coéternelle à Dieu et avec laquelle, à la limite, il coïnciderait ? C'est aussi le « chaos » qu'ont « débrouillé » les grands physiciens mécanistes, en ramenant la « prodigieuse variété d'effets que nous voyons dans l'univers » (p. 227), l'infinie diversité des apparences immédiates, à l'unité de deux lois — dont la seconde n'est qu'une « suite » de la première — formulant les rapports entre deux substances, substrats de toute réalité : la matière et le mouvement.

À défaut d'avoir de l'univers, comme Dieu, une vision globale, dans l'espace et dans le temps, les physiciens, grâce à ces lois qui le rendent intelligible, calculent et déduisent ce qui se passe à distance, prévoient ce qui se passera ; maîtrise scientifique, miraculeuse à sa manière, de l'espace et du temps qui ouvre sur des merveilles techniques. Ce savoir suprême n'est le résultat d'aucune révélation, qu'elle ait pris la forme de ravissements extatiques « jusqu'au trône lumineux » ou de la lecture des livres sacrés (la « bibliothèque divine » dont parle Méhémet Ali dans la lettre XVIII) ; quant à la religion, sans parler de la théologie (lettre LXIX) qui s'obstine à doter Dieu d'attributs contradictoires, elle n'est ici d'aucun secours. Mais si ce savoir ne procède pas du contact immédiat d'un dévoilement, en tant qu'il s'oppose à la réception passive d'une tradition autoritaire écrite comme aux vaines palabres du corps académique qui n'est « fait [que] pour parler et non pas pour voir » (p. 187), il est aussi un *voir*, en tant qu'issu de l'expérience, sans que cette orientation empiriste en implique une notion réductrice : la connaissance n'a rien ici d'immédiat, en quelque sens que ce soit, elle est un procès, un parcours — ces philosophes « suivent, dans le silence, les traces de la raison humaine » (p. 227) —, un travail de construction de la référence universelle à partir des différences observées, « les principes féconds dont on tire des conséquences *à perte de vue* » (p. 228 ; souligné par nous).

Ce sont bien là des « lois générales, immuables, éternelles, qui s'observent sans aucune exception, avec un ordre, une régularité, et une promptitude infinie, dans l'immensité des espaces » (p. 227). Qu'en sera-t-il des affaires humaines ? Les « législateurs ordinaires » nous proposent « des lois aussi sujettes au changement que l'esprit de ceux qui les proposent, et des peuples qui les observent », ironise le panégyriste des physiciens (*ibid.*). Peut-on espérer édifier une science politique et sociale ? C'est ici que la recherche des lois, rapports constants entre des phénomènes, et de l'ordre en tant que logique d'un système, devient aussi celle du Bien : vertu et bonheur et, si les purs savants, tels que l'auteur de la lettre insérée dans la lettre CXLV, rencontrent tant d'incompréhension agressive, qu'en sera-t-il de « l'homme d'esprit » dont la « vue » se porte peut-être trop loin ?

V   ORDRE, DÉSORDRE, DES ORDRES ?

C'est bien autour du questionnement philosophique de l'ordre que s'organise les discours des *Lettres persanes*. La place, au cœur de l'ouvrage, de la lettre LXXXIII sur la justice serait-elle significative ? Terme polysémique et notion ambiguë, l'ordre, c'est aussi bien le commandement que l'organisation, ou le système, dont la finalité consiste soit dans son propre fonctionnement, soit dans la réalisation d'une fin extérieure, posée comme valeur, ou bien encore la norme ou l'idéal ; sa pensée exige, dans les deux derniers cas, l'implication logique de son contraire, le désordre, avec lequel par ailleurs l'ordre entretient des relations comme celles d'enchaînement dans la succession (l'un sort de l'autre), d'inversion (ce qui est ordre pour l'un est désordre pour l'autre), de nécessité (l'ordre a besoin du désordre ou le désordre habite l'ordre)... Il a des affinités évidentes avec les notions non moins ambiguës de Nature et de Loi et peut faire l'objet de questionnements à des niveaux divers : logique, scientifique, éthique, politique, etc.

Il faudrait en étudier l'insistance dans l'ensemble du texte (inscription du terme, de son antonyme ou de ses quasi-synonymes, présence du thème), depuis les points de vue de la distribution et de la fréquence, selon les moments du « roman » : auquel apparaît, domine ou disparaît le thème ou l'inscription de tel ou tel sens ? Ces questions sous-tendront l'analyse qu'on propose en s'appuyant sur des dénombrements exhaustifs qu'on n'aura pas l'espace d'exploiter tous.

DÉSORDRES

Ce qui saute aux yeux des voyageurs — comme du lecteur des *Lettres persanes*, à un autre niveau —, c'est le désordre. Désigné comme tel, il consiste dans des systèmes existants, vus par des observateurs étrangers mais aussi dénoncés par ceux qui en pâtissent (Roxane et Zélis par exemple), à savoir des individus appartenant à la même culture ou à une culture différente. Il est omniprésent : dans le texte, dans tous les domaines, sous des formes multiples. Tohu-bohu des rues de Paris ; disproportion entre les enjeux et la violence des disputes littéraires (voir la lettre XXXVI : deuxième phase de la Querelle des Anciens et des Modernes) ou, plus grave, entre les délits et les peines (lettre LXXX) ; anomalies : ce n'est pas pour « coucher avec lui » qu'on devient la maîtresse d'un ministre

(p. 248) ; incohérences : le roi de France a un jeune ministre et une vieille maîtresse (p. 114), le directeur de conscience est galant et le petit-maître considéré (lettre XLVIII) ; absence de règles : les rites religieux se contredisent (p. 127), le casuiste anéantit toute référence morale (p. 152) ; contradictions des exigences de l'honneur (lettre XC), des lois françaises (lettres XCIX et C), des impératifs religieux de l'islam (p. 259), des attributs que la théologie assigne à Dieu (lettre LXIX) ; troubles domestiques : les femmes ruinent et trompent leurs maris, les traînent devant les tribunaux (lettres LVI, LV, LXXXVI) ; instabilité sociale, exercice violent du pouvoir juridique, politique ou religieux, générateur de troubles politiques, sociaux, économiques : révocation de l'Édit de Nantes (lettre LXXXV), bulle *Unigenitus* (lettre XXIV), Inquisition (lettre XXIX), Système de Law, etc.

Voici, vue par Saint-Simon dans ses *Mémoires*, la révocation de l'Édit de Nantes : « Le Roi s'applaudissait de sa puissance et de sa piété. Il se croyait au temps de la prédication des apôtres, et il s'en attribuait tout l'honneur. Les évêques lui écrivaient des panégyriques ; les jésuites en faisaient retentir les chaires et les missions. Toute la France était remplie d'horreur et de confusion, et jamais tant de triomphes et de joie, jamais tant de profusion de louanges. Le monarque ne doutait pas de la sincérité de cette foule de conversions ; les convertisseurs avaient grand soin de l'en persuader et de le béatifier par avance. Il avalait ce poison à longs traits. Il ne s'était jamais cru si grand devant les hommes, ni si avancé devant Dieu dans la réparation de ses péchés et du scandale de sa vie[1]. »

1. Gallimard, 1953, t. IV, p. 1030.

On va des divisions plus ou moins graves, suscitées en particulier par la perversion du religieux, à l'homogénéisation qui confond justement les divisions : perte des rangs, de la hiérarchie des « ordres » d'une société d'Ancien Régime, nivellement social opéré par la politique de Law, où couve le despotisme. Surgit de cette contradiction l'idéal, alors formulé dans les discours de l'esthétique naissance, d'unité harmonieuse issue de la variété.

« Ce qu'on appelle union dans un corps politique, est une chose très équivoque : la vraie est une union d'harmonie, qui fait que toute les parties, quelque opposées qu'elles nous paraissent, concourent au bien général de la société ; comme des dissonances, dans la musique, concourent à l'accord total. Il peut y avoir de l'union dans un État où on ne croit voir que du trouble ; c'est-à-dire, une harmonie d'où résulte le bonheur, qui seul est la vraie paix. Il en est comme des parties de cet univers, éternellement liées par l'action des unes, et la réaction des autres » (O C., II, p. 119).

RENVERSER LE « DÉSORDRE » ?

La désignation/dénonciation du désordre implique-t-elle que le sujet de cette opération soit détenteur de l'ordre ? Suffit-il de renverser ces « désordres », que d'autres disent « ordres », pour obtenir l'Ordre ? Rien de moins sûr. La fiction épistolaire suggère que le point de vue critique est aussi relatif. Mieux, l'ordre auquel s'adosse la critique des Persans est déjà suspect (ils vont chercher ailleurs la sagesse, Usbek est exilé politique) et, par le fait même de s'inscrire dans un système d'évaluation — même si celui-ci est, au début, favorable —, cet ordre n'a pas le caractère d'une norme absolue ; à plus forte raison, lorsque les Persans s'acculturent, donnent la préférence à quelques usages français et, surtout, admettent explicitement (à moins que la mise en roman/recueil ne le suggère) l'utilité pour l'ordre de quelque désordre.

On a signalé la critique, qui est aussi légitimation, des artifices et des masques. La lettre CVI, elle, montre, dans la logique de Mandeville[1], comment le désordre passionnel (volupté, coquetterie, fantaisie) et la recherche du luxe sont les conditions nécessaires à l'activité économique et à la circulation féconde des capitaux : de la recherche effrénée des plaisirs procèdent travail et « industrie » (productivité et esprit d'invention). Usbek répond, en la discutant vivement, à une lettre de Rhédi qui refuse le progrès des sciences et des arts, source de désordres peut-être redoutables : « Je tremble toujours qu'on ne parvienne, à la fin, à découvrir quelque secret qui fournisse une voie plus abrégée pour faire périr les hommes, détruire les peuples et les nations entières » (p. 241). Mais le retour à la « naïveté des anciens temps » ne saurait constituer l'ordre. Usbek refuse à son tour d'envisager l'invention de l'arme absolue, au nom du « droit des gens » et du « consentement unanime des nations », arguments optimistes que vient conforter/corriger celui de « l'inté-

---

1. *Fable des abeilles*. Voir Dossier, p. 130.

rêt des princes » qui « doivent chercher des sujets, et non pas des terres » (p. 243).

Et même le sérail — ce système de gestion du désir féminin —, son renversement en « lieu de délices et de plaisirs » par Roxane (p. 350), n'instaure peut-être pas un « ordre » conforme aux lois de la « nature » dont la favorite rebelle se réclame — encore que sa révolte réponde aux exigences d'une certaine nature : recherche instinctive du plaisir, désir aussi d'aimer librement ; mais il n'est pas sûr non plus que cette révolte soit la véritable liberté (voir Gold. 2, p. 111 *sq.*), pas plus que l'impatience de la contrainte et l'indépendance anarchique au gré de leurs désirs, qui ont mené les premiers et méchants Troglodytes à la catastrophe. Le sérail n'en est pas pour autant le véritable agent de vertu et de bonheur, et du bonheur par la vertu (énorme problème sur lequel achoppera la pensée morale et politique des Lumières), comme Usbek l'a prêché à son épouse rétive (lettre XXVI).

« L'idéal rousseauiste incarné dans le couple apparaît alors comme le dépassement du dilemme insupportable que révèle fantasmatiquement le sérail, où sont poussées jusqu'à l'absurde les conséquences de cette vérité : qu'il n'y a pas de *rapport* sexuel La " nouvelle harmonie ", instaurée par l'eunuque, c'est l'ordre rétabli entre les sexes, mais au prix d'un renoncement unilatéral à la jouissance, au prix du malheur et de la servitude : elle n'est pas tenable. Mais elle ne peut être contestée que sur le monde de la débauche, de la perversion, du crime[1]. »

---

1. A. Grosrichard, *Structure du sérail*, Seuil, 1979, p. 223.

L'ORDRE DE LA PROVIDENCE

Au reste, dans la mesure où l'« ordre » persan comme l'« ordre » français se trouvent disqualifiés, l'ordre serait-il un ordre absolu, soit un, universel, éternel, et supporté par une réalité substantielle, dite « Nature » ou, mieux, « Providence » ? Le syntagme d'« ordre de la Providence » s'inscrit pour la première fois dans la lettre XXXIII : il y est récusé par Usbek, au moins en tant qu'argument prétendu consolateur ; dans une perspective toute matérialiste qui souligne l'action du corps sur l'âme, il lui préfère les breuvages euphorisants auxquels ont recours les Orientaux, ignorant les vertus de Sénèque. Par ailleurs et en même temps, est mise en discussion la loi-commandement, dans la mesure où son existence rend d'autant plus coupable qu'on la transgresse : est-ce « contradiction » de l'esprit humain ou bien cette loi, inefficace, n'est-elle pas dangereuse ?

L'ordre de la Providence reparaît dans la lettre LXXVI sur le suicide : après les lois humaines, il constitue aussi un argument ruineux à opposer à celui qui a choisi de se tuer lui-même et Usbek lui substitue les « lois de la création et de la conservation » de l'univers, qui ont ici moins le sens de commandement que de rapport constant, générant un ordre-équilibre-système. L'ordre providentiel, au contraire, a dans ce contexte nettement le sens de « dessein » : plan et volonté, ce qui l'inféode à un point de vue déterminé et risque par là de n'en faire que la projection du point de vue subjectif humain. N'est-ce pas ainsi (voir la lettre LIX) que les faibles humains conçoivent l'ordre ? Quant à la réponse, ultra-rapide, d'Ibben (que Montesquieu a préférée, dans le supplément de l'édition de 1754, à un additif à la lettre d'Usbek), elle n'est pas aussi religieusement pure et dure qu'on le dit et n'exclut pas un point de vue pragmatique sur l'interdiction de rompre l'union des éléments constitutifs d'un être. Enfin, la troisième occurrence de cette expression convoque l'« ordre de la Providence » pour justifier ironiquement (p. 229) la distribution inique (le désordre) des richesses. La notion religieuse d'un Ordre transcendant ne semble donc pas jouir de beaucoup de crédit.

L'ORDRE DE LA NATURE

Qu'en est-il de celui de la Nature ? Le terrain n'est pas plus sûr, si on entend par là, non l'univers physique, mais les affaires humaines (domaine à propos duquel le terme d'ordre n'est jamais inscrit, sauf sur le mode caricatural, dans les propos des *laudatores temporis acti* de la lettre LIX). Les discours les plus antagonistes se réclament de la Nature : Usbek estime que même ces effrontées Européennes « portent toutes dans leur cœur un certain caractère de vertu, qui y est gravé » et que cette nature-pudeur ne pourra que se révolter, au moment de « faire les derniers pas » (p. 97) conduisant à l'adultère ;

on sait que la Nature tient à Roxane un tout autre langage. Les Asiatiques sont d'avis qu'elle leur a donné l'« empire » sur les femmes, alors qu'un « philosophe très galant », selon Rica (probablement Poullain de La Barre), prétend qu'elle « n'a jamais dicté une telle loi » (p. 115 et p. 116). Curieuse Nature en effet que celle qui sert de référence aux propos de Zélis (lettre LXII) ; sans contester explicitement la « subordination » où la Nature aurait mis les femmes, celle-ci se livre à un subtil travail de sape : le fondement « naturel » en est suspecté puisque la vie du sérail exige une éducation, un dressage propre à conférer la « douceur de l'habitude » à ce qui serait une violence, faite justement à ce qu'on pourrait penser être la Nature (« libertés de l'enfance », « passions », « indépendance ») par la loi, le devoir, la raison. D'autre part, les rapports de dépendance sont inversés, sur le plan du plaisir où, là aussi, le fondement en « Nature » se trouve menacé par la puissance de l'imagination : elle a partie liée avec le désir des femmes et invente des substituts propres à compenser les pertes et les manques : quel peut être l'ordre normatif d'une Nature capable, dans le cas des eunuques (évoqués par Zélis dans la lettre LIII, pour une fois positivement), de « se dédommage[r] de ses pertes » (p. 144), ouvrant par là le procès indéfini des suppléances ?

VALEURS

Certaines valeurs semblent pourtant jouir d'une stabilité due à leur innéité et à leur universalité : n'y a-t-il pas, demande Usbek, que l'impertinence d'un fermier général laisse pantois, « une certaine politesse commune à toutes les nations » (p. 131) ? Les hommes ne « naissent »-ils pas « tous liés » les uns aux autres (p. 221) ? Ces peuples dits barbares qui ont eu raison de l'Empire romain et ont fondé les royaumes européens actuels ne l'étaient pas « proprement [...], puisqu'ils étaient libres » : de « cette douce liberté, si conforme à la raison, à l'humanité et à la nature » (p. 303) (notons que l'idée de nature ne suffit pas à désigner les trois notions ici inscrites et qu'elle pourrait justement, à côté de raison et d'humanité, se limiter à l'instinct), que leur a fait perdre l'absolutisme. Justice et équité enfin sont ce « principe intérieur » qui fait que nous ne passons pas « devant les hommes comme devant des lions » (p. 204-205).

Mais les hypothèques qui grèvent les fondements de l'existence objective de ces valeurs suprêmes (l'abbé Gaultier s'en est bien avisé) ne sont pas minces : l'équité est un rapport et non une substance, pour ainsi dire — comme l'Idée de Bien platonicienne, la volonté révélée ou l'un des attributs d'un dieu personnel, ou encore une disposition spontanée de l'être humain — ce qui contribuerait à fixer le contenu des termes mis en relation par ce rapport ; mieux, ce n'est peut-être qu'une convention, même si elle s'enracine dans une exigence ; donc un artifice, une fiction, à laquelle il importe de croire car le contraire serait désastreux : à supposer que la justice dépende des « conventions humaines », « ce serait une vérité terrible, qu'il faudrait se dérober à soi-même » (p. 204) ; et cette fiction ne tient sa solidité que de ce *crédit*, au même titre que tous les rituels sociaux.

LA MAGIE SOCIALE

1. *Op. cit.*, p. 508 sq.

P. Valéry l'a admirablement montré dans un texte fondamental[1] pour la compréhension des *Lettres persanes* : l'instauration des symboles et des signes marque l'avènement de l'humain, c'est-à-dire du social, par rapport à la brutalité bestiale primitive. La contrainte physique ne saurait fonder ce type de relation : il faut des « forces fictives » pour asseoir un ordre, un système « fiduciaire » ou conventionnel introduisant entre les hommes des liaisons et des obstacles imaginaires dont les effets sont bien réels. Description remarquable de la force de ce que les marxistes appellent l'idéologie. L'ordre a donc à voir profondément avec la fiction, l'artifice, voire la magie, dont le suprême artifice consiste à se faire passer, le temps aidant, pour une « nature ». Il n'est pas surprenant que la lettre XXIV, qui présente le roi de France et le pape comme deux grands magiciens, occupe une place inaugurale, au début de la série des lettres sur le monde occidental. Il n'est pas non plus surprenant que l'expérience de Law — dont le succès exigeait justement le crédit, la confiance dans ce papier-monnaie, signe renvoyant à un référent consistant moins dans les réalités substantielles du numéraire que dans les profits escomptés, imaginaires, du commerce et de l'industrie, soit de l'artifice humain — ait suscité une panique d'une violence quasi métaphysique.

DES ORDRES SOCIOPOLITIQUES

Dans le domaine politique, on a donc toutes chances de rencontrer des ordres, à savoir des systèmes différents, ensembles de rapports intelligibles dotés d'une logique interne, totalités structurées de liaisons nécessaires, dont la diversité et la multiplicité ne font pas, du point de vue de la science, des erreurs au regard d'une vérité ; ils ne sauraient en revanche être équivalents du point de vue pragmatique (aptitude à perpétuer un équilibre) et éthique (aptitude à réaliser le Bien : bonheur et vertu), et leur stabilité n'est pas garantie. La question de l'Ordre se pose ici aussi, non en termes d'évaluation par rapport à un absolu, propre à frapper toutes les réalisations concrètes de nullité et à les taxer de désordre, mais en termes de relativité, au sens positif du terme : comment, dans des conditions concrètes déterminées, réaliser le gouvernement le plus simple, le plus efficace, le plus durable ? C'est l'objet de la science sociale et politique dont on a évoqué le problème de la possibilité au chapitre III et il n'est pas surprenant que le thème fondamental de l'ordre revête, dans la partie centrale du recueil, la forme d'une préoccupation insistante : celle des lois.

Comment en faire de bonnes ? Et dans tous les domaines : juridique, politique, international... ? La plupart de celles qui existent sont mauvaises : celles sur le suicide en particulier sont « furieuses » (p. 191). Rien d'étonnant, puisque « la plupart des législateurs ont été des hommes bornés, que le hasard a mis à la tête des autres, et qui n'ont presque consulté que leurs préjugés et leurs fantaisies » (p. 287). Mais à quoi se référer ? À cette « équité naturelle » qu'Usbek oppose dans cette même lettre CXXIX aux « idées logiciennes » ? Mais qui en dira le contenu exact ? Quel est le statut de cette « règle générale » invoquée par un magistrat qui refuse de s'attacher à l'étude des lois particulières, réputées « cas hypothétiques » (p. 80) ? Rica suggère, dans la même lettre LXVIII, que ces ensembles historiques et concrets doivent avoir leur logique et ne constituent pas des désordres, en tant qu'écarts par rapport à une norme peut-être mythique ; ou plutôt que ce savoir hâtif, confinant à l'ignorance, méconnaît la relation de ces logiques avec une « règle générale » capable de les subsumer toutes, à condition d'être un rapport. Ce sera la Loi des lois, qui permettra de comprendre ces rationalités immanentes et peut-être de produire, à partir de leur imperfection relative, l'idée d'un ordre absolu.

LE DÉSORDRE

La multiplicité, la relativité de ces « ordres » ne sont donc pas désordre, à moins qu'un Désordre absolu ne soit lové au cœur du monde, noyau irrationnel irréductible, présent même dans l'univers physique. En effet, au bel optimisme de la lettre XCVII qui attribue à l'« architecture divine » un ordre immuable, s'oppose la lettre CXIII, première de la série des lettres d'Usbek qui répondent à la question de Rhédi (lettre CXII) sur la dépopulation. Le « venin secret et caché » que Rhédi imagine affligeant la « nature humaine » est étendu au monde : cieux et terre ne sont pas incorruptibles.

> Tout se détruit
>
> Ly airs, ly temps, ly ans, ly .xii. moys,
> Arbres, les prez et les .IIII. saisons,
> Les mons, les vaulx, les terres et les bois,
> Gens et bestaulx, les oyseaulx et poissons,
> Les semences, les vignes, les moissons,
> Tout ce qui est au dessoubz de la lune
> Change et se muet par diverse fortune,
> En delaissant son propre mouvement ;
> Dont chascun dit, et aussi fait chacune :
> Tout se destruit et ne scet on comment[1].

1. Eustache Deschamps, poète du XIVe siècle.

La notion archaïque et mystérieuse de « corruption » radicale se combine ici à celle, scientifique, de mouvements de la matière, source des « changements » des cieux et procédant eux-mêmes d'une structure conflictuelle de l'univers : la terre « souffre, au-dedans d'elle, un combat perpétuel de ses principes », violence intime qui ouvre sur de « nouvelles combinaisons » (p. 256). Donc, même au niveau physique, un rapport juste, stable et équilibré ne saurait s'instaurer et de là procède le temps au visage ambigu : renouvellement mais aussi dégradation, précarité, mort. Que sera-ce au niveau du commerce des sexes, des hommes, des nations ?

La séquence concernant la dépopulation (p. 253-276), véritable mini-traité fragmenté en lettres, envisage méthodiquement les divers aspects du problème : causes physiques, à l'échelle de l'univers, puis causes morales, soit religion, mœurs (mariage, esclavage, colonies), gouvernements, dont les conséquences sont étudiées dans l'Histoire et dans l'espace : Asie, Europe, Afrique, Amérique, « pays habités par les sauvages ». Loin d'être le « hors-d'œuvre » que sous-estiment quelques critiques, c'est un élément capital des *Lettres persanes*. Liée à bien des problèmes essentiels qui y sont débattus (les femmes et le sérail, la religion catholique, le célibat et l'interdiction du divorce, la production et les signes des richesses, le meilleur gouvernement qui conserve l'espèce, etc.), cette séquence en récapitule la plupart à l'échelle universelle dans l'espace et dans le temps, et, si Usbek étend le pessimisme de Rhédi à l'univers physique et ne nie pas la précarité du sort humain, il les nuance fortement en tentant de penser des remèdes, d'opposer à la fatalité d'un temps destructeur les calculs d'une raison pratique qui exploite les jeux éventuels des causes physiques et morales, ménage et cherche à favoriser l'énergie de la Nature qui, elle aussi, tel le bon gouvernement, agit avec modération.

RÊVES D'HARMONIE

Il n'est pas surprenant que ce soit pour ainsi dire hors temps, sous la forme d'apologues ou de contes enchâssés dans les lettres, avec parfois décalage d'énonciation, que s'exprime le rêve de rapports harmonieux, sociaux (l'heureuse communauté des vertueux Troglodytes, issus de ces deux familles miraculeuses, échappées au désastre) ou sexuels : couple incestueux d'Aphéridon et d'Astarté (lettre LXVII), sérail idyllique du faux Ibrahim (lettre CXLI). Ce sont autant de fictions (créations où s'inscrivent les fantasmes) où le voir et le sentir tentent de suppléer le savoir et le pouvoir (un contrepoint grotesque en est donné par le très religieux Méhémet Ali dont l'apologue de la lettre XVIII ne fait rien voir), sans parvenir à éviter le suspens de la dernière lettre sur les Troglodytes : la croissance démographique, éminemment souhaitable, oblige à sortir de l'« anarchisme vertueux » (P.V., p. 37) et à se donner un roi qui deviendra peut-être un despote. Sans parvenir non plus à occulter l'excès — présenté avec humour — du conte de Zuléma (lettre CXLI) qui précède immédiatement l'évocation — décalée elle aussi des points de vue de l'espace, du temps et de l'énonciation — du désastre de Law (lettre CXLII).

LE PARADIS D'ANAÏS

Si l'on adopte le point de vue de la *libido dominandi* masculine, on estimera conforme à l'ordre l'idée d'un paradis plein de femmes ravissantes, objets de jouissance éternelle. C'est exactement l'inverse qui prend corps dans l'histoire contée par la sage Zuléma et que vit l'héroïne, Anaïs : une fois poignardée par son mari, le méchant Ibrahim, elle accède à un paradis où se réalise la distinction vertueux/non-vertueux, qui traverse celle des sexes et fait coïncider vertu et bonheur, puisque le bonheur récompense la vertu. Ce bonheur consiste évidemment en voluptés physiques puisqu'on pense dans le cadre du sérail, et Anaïs défaille de plaisir dans les bras de deux superbes éphèbes. Cette bienheureuse connaît-elle le bonheur ? Est-ce à partir de ce renversement de l'« ordre » typiquement masculin qu'on obtient l'ordre ? Ces plaisirs dont Anaïs souligne elle-même la « violence » (p. 313) sont « si vifs » et attachent si « invinciblement aux objets présents » que ces « bienheureux » « perdent entièrement la mémoire » — à savoir justement l'aptitude à différer, à prendre de la distance par rapport au présent immédiat, condition première de l'activité intellectuelle et de la conscience proprement humaine du temps et de la mort, désordres absolus — et ne jouissent que rarement de « cette liberté d'esprit », de « ces moments tranquilles, où l'âme se rend, pour ainsi dire, compte à elle-même, et s'écoute dans le silence des passions » (p. 315).

NI UTOPIE NI DÉSESPOIR

Les *Lettres persanes* elles-mêmes ne sont-elles pas la fiction où l'impuissance à maîtriser l'Histoire aurait fait fuir l'auteur qui voit trop loin (lettre CXLV) ? Un moment peut-être, et encore, car il n'y a ici ni utopie ni désespoir, non plus que ce livre n'est exemple, leçon, voire facteur de désordre, qu'il s'agisse de son contenu idéologique ou de son mode d'écriture. Complaisance indéniable à un certain désordre : miroitement des apparences, des masques, de la diversité, jeux formels avec les voix multiples, les temps, les distances..., mais surtout appel à un lecteur actif car le savoir comme l'ordre sont à construire, pari sur la liberté d'esprit capable d'affronter lucidement le concret historique, avec ses discontinuités mais aussi ses réseaux de causalités, dénonciation de l'ordre-prison et des vérités prétendues absolues. L'échec donné à voir est celui d'Usbek, c'est-à-dire précisément un personnage mis en scène par le « roman », et ce que produit Montesquieu, c'est le livre, qui reste ambigu et ouvert, forme-sens qui entretient avec ce que la littérature appelle roman une relation complexe.

VI LES *LETTRES PERSANES* ET LE ROMAN

Les *Lettres persanes* sont-elles un roman ? Il faut revenir, au terme de ce parcours, sur cette question initiale, suscitée par Montesquieu lui-même, afin de préciser la place et le rôle de ce texte dans ce qui est dit « littérature ». Si le mot de roman apparaît dans les *Réflexions* de 1754, la formulation comme la portée de ce texte célèbre restent des plus ambiguës. Remarquant la date tardive de cette définition du recueil de lettres comme roman, ainsi que la rubrique (« Morale ») sous laquelle il figure dans les classements des bibliothèques de La Brède et de Paris, où les romans, disséminés, ne jouissent d'aucune mention spécifique, G. Benrekassa n'exclut pas l'hypothèse d'A. Adam, rappelée par R. Laufer, d'une tentative concertée, après la mise à l'Index de l'*Esprit des lois*, pour réduire la portée d'une œuvre qui a fait date dans l'histoire des Lumières (Ben. 1, p. 28 et 37). C'est évidemment en minimiser le sérieux et le poids que de la ranger dans une catégorie peu suspecte de dignité littéraire ou philosophique et pour laquelle Montesquieu montre un certain dédain, jusque dans les *Lettres persanes*.

Il n'est pas impossible en effet d'y voir, avec J. Dagen[1], une condamnation du romanesque et du roman « en théorie et par

---

[1] « La chaîne des raisons dans les *Lettres persanes* », *Littératures*, 1987, p. 80.

l'exemple ». Jusqu'à un certain point, cependant, car, si cette affirmation péremptoire et quelque peu provocatrice cherche légitimement, croyons-nous, à réagir contre les lectures des *Lettres persanes* comme roman à part entière — réagissant elles-mêmes contre la quasi-omission des éléments romanesques, estimés insignifiants et mal ficelés[1] —, on ne saurait méconnaître ici le poids de la fiction dont il importe, comme l'a souligné G. Benrekassa, d'étudier la fonction qu'elle remplit dans ce texte : si, bien évidemment, ce n'est pas seulement un roman, son écriture n'en constitue pas moins une intervention originale et féconde dans ce domaine.

1. C'est encore le cas de G. Gusdorf, dans une édition publiée par le Livre de poche en 1984.

CONDAMNATION DU ROMANESQUE ET DU ROMAN

Le romanesque et le roman y seraient condamnés ? Encore faut-il préciser quel romanesque et quel roman : on peut en effet distinguer roman de romanesque comme, de ses éventuelles réalisations, une sorte d'essence, mais il y a aussi roman et roman, dans la mesure où cet unique terme désigne différents types de réalisations historiques, et, de même, romanesque et romanesque : le romanesque au sens péjoratif d'extravagance et le romanesque comme dimension fictive proprement dite, construction plus ou moins élaborée d'un espace-temps imaginaire. Le romanesque et le roman explicitement condamnés par les *Lettres persanes* ne peuvent être que ceux dont Montesquieu a l'expérience à cette date et dont Rica rencontre des échantillons au cours de sa visite de la bibliothèque Saint-Victor : les auteurs, lui dit son cicerone, en sont « des espèces de poètes » qui « outrent également le langage de l'esprit et celui du cœur : ils passent leur vie à chercher la nature, et la manquent toujours ; leurs héros y sont aussi étrangers que les dragons ailés et les hippocentaures » (p. 305). On a reconnu les romans précieux auxquels, selon Rica (et Montesquieu), les romans persans n'ont rien à envier, du point de vue du manque de naturel (voir p. 305-306).

L'entre-deux-siècles connaît un grand essor de la production romanesque, visant un nouveau public non formé dans les collèges. Discrédit des auteurs comme du genre, condamné par les moralistes pour mensonge et immoralité. On rééedite et on lit toujours les romans à grands sentiments de La Calprenède ou de Madeleine de Scudéry, et à cette demande d'amour et de merveilleux répondent les contes de fées, les écrits de l'abbé Bordelon (*Histoire des imaginations extravagantes de M. Oufle* (1710), *Gongam, l'Homme prodigieux transporté dans l'air, sur la terre et sous les eaux* (1711), comme les traductions des contes orientaux (*Les Mille et Une Nuits* par Galland dès 1702 et *Les Mille et Un Jours* par Pétis de La Croix de 1710 à 1712) ou les pastiches de Gueulette, Moncrif ou l'abbé Bignon dont P. Vernière (P.V., p. 292) signale l'extravagance insigne des *Aventures d'Abdalla fils d'Hanif* en deux volumes, de 1712 à 1714.

Refus explicite donc des extravagances dramatiques et psychologiques d'une imagination débridée, mais aussi, implicite, vu ce type de roman, du récit long impliquant un narrateur omniscient ; refus que vient conforter l'exemple même des *Lettres persanes*.

Elles réduisent au minimum les aventures des Persans, quasi inexistantes en Occident, même pendant un séjour de neuf ans, et peu développées en Orient où l'intrigue de sérail compense sa minceur par l'intensité tragique de son dénouement imprévu. L'atmosphère est en effet moins proprement romanesque que théâtrale et peut-être même — J. Goldzink (Gold. 2, p. 111-118) a fortement souligné ce point suggéré par J. Dagen ainsi que par J.-P. Schneider[1] — le suicide de Roxane est-il traité sur le mode du pastiche, discrètement parodique, de l'outrance tragique. On en reparlera. Enfin, le contraste évident entre la fragmentation, le peu de consistance, l'ouverture du « récit » d'ensemble, disloqué, exténué, et les quelques récits enchâssés dans les lettres, énoncés par des narrateurs situés, clos, brefs (conte d'Anaïs, histoire d'Aphéridon et d'Astarté), ne suggère-t-il pas la déchéance d'une certaine forme de récit au profit de formes nouvelles, brèves : conte, histoire véritable (termes au reste employés par Montesquieu lui-même), court récit enchâssé, à la première personne.

Il est, de toute façon, une forme proprement romanesque dont la mise en œuvre par les *Lettres persanes* peut passer aussi pour une condamnation, « par l'exemple », du long roman d'aventures, mais qui constitue une intervention majeure dans l'histoire du

1. « La chaîne des raisons dans les *Lettres persanes* », *op. cit.*, p. 80, et « Les jeux du sens dans les *Lettres persanes* », *op. cit.*, p. 13.

roman : c'est la forme épistolaire. Ce rôle de romancier et d'initiateur, Montesquieu l'a revendiqué, ailleurs que dans le péritexte des *Lettres persanes* (p. 422), et cette initiative revient, sinon à condamner, du moins à chercher autre chose que les « romans ordinaires » (p. 43) : les longs romans mais aussi le roman d'analyse pratiqué par Mme de La Fayette, autant de formes où l'usage de la troisième personne aurait réservé aux « raisonnements » qu'il souhaitait introduire le statut de « digressions » (*ibid.*).

« MES *LETTRES PERSANES* APPRIRENT À FAIRE DES ROMANS EN LETTRES »

Montesquieu n'a pas inventé le procédé du recueil de lettres fictives mais il innove en combinant fort ingénieusement les formes existantes.

1. *Forme et signification*, Corti, 1963, p. 105-108.

2. Voir Ch. Kany, *The Beginning of Epistolary Novel in France, Italy and Spain*, 1937

Si, comme J. Rousset[1], on omet la « préhistoire » du roman épistolaire[2], pour en envisager l'évolution à partir de la fin du XVIIe siècle, on signalera, avant Guilleragues, le *Roman des lettres ou nouveau roman composé de lettres et de billets* de l'abbé d'Aubignac (1667) et, en 1669, les *Lettres à Babet* de Boursault. Montesquieu estime les *Lettres galantes du chevalier d'Her* *** (1685) indignes de Fontenelle (O.C., I, p. 1248) et le mélange pratiqué par Rémond de Saint-Mard dans ses *Lettres galantes et philosophiques* (1721) n'a rien à voir avec les *Lettres persanes*.

Il introduit du roman (des personnages mis en relation par une intrigue) dans un recueil idéologique comme l'*Introduction à la vie dévote*, les *Provinciales* ou les futures *Lettres philosophiques*; inversement, il infuse de la philosophie dans un roman par lettres, mode d'écriture jusqu'alors défini par la dimension amoureuse et bien représenté par les *Lettres de la Religieuse portugaise*, à la monodie lyrique desquelles il substitue une complexe structure polyphonique. Richardson, Rousseau, Laclos emprunteront la voie qu'il a ouverte[1].

Multiplicité des scripteurs, des thèmes, des registres (satirique, philosophique, lyrique, tragique...), des modes d'écriture (portrait, fable, diatribe, dissertation, conversation, scènes, mini-récits...), chronologie complexe jouant sur la distance et les retards, l'ordre des événements et l'ordre du recueil[2] : un formaliste strict pourrait définir les *Lettres persanes* par le dessein d'explorer les possibilités de la forme épistolaire. Leur auteur, au reste, sans jouer au théoricien, a pleinement conscience des ressources du genre qu'il est en train de perfectionner : les *Réflexions* soulignent la supériorité de « ces sortes de romans » sur les « récits », dans la mesure où, « parce que l'on rend compte soi-même de sa situation actuelle », cela « fait plus sentir les passions » (p. 43) ; mais c'est moins au profit de l'analyse psychologique que sont exploités les « je » multiples écrivant toujours au présent, sous le signe du discontinu et de l'ouverture (contrairement au « je » du roman-mémoires), qu'à celui d'effets dramatiques (angoisse, surprise, levée de masques...), renforcés par le dispositif qui

---

1. Voir O. Fellows, « Naissance et mort du roman épistolaire français », *Dix-huitième siècle*, 1972.

2. Voir *supra*, chap. I et IV.

consiste à faire écrire, à la même date, deux ou trois personnages différents au même destinataire (voir les lettres XLI, XLII et CLVI, CLVII, CLVIII, adressées à Usbek) ou, inversement, un seul, Usbek, à plusieurs (lettres XX, XXI et CLIII, CLIV, CLV) ; et c'est surtout en vue d'aborder les sujets les plus variés, sans que le recueil sombre dans le désordre.

TECHNIQUES ÉPISTOLAIRES

La forme épistolaire se met au service de ce miroitement de la diversité du réel et des points de vue multiples et successifs, mais aussi de la convergence vers un seul (Usbek) de cette diversité, propice aux comparaisons des différences d'où sortira l'universel, plutôt qu'à celui de la mise en scène des échanges. Pas de véritable dialogue philosophique, a-t-on dit : en effet, il s'agit surtout d'informations qui n'appellent pas de réponse et l'on ne rencontre que quelques questions, formulées (par Mirza ou Rhédi à Usbek, par celui-ci à Ibben ou à Méhémet Ali) ou pas (lettre LX), sur des problèmes idéologiques ; pas non plus, semble-t-il, du point de vue formel, de subtils espacements et entrelacs de questions et de réponses : la règle serait la succession pure et simple. À quelques exceptions près toutefois : lettres V et VIII (échange entre Rustan et Usbek), absence de lettre déclenchant celles qu'Usbek écrit à Ispahan (lettres XX et XXI) en réaction à une dénonciation d'autant plus inquiétante qu'on ignore sa provenance, réponse de Méhémet Ali (lettre XVIII) aux scrupules religieux d'Usbek, laquelle, quoique située dans le recueil aussitôt après la question, ne s'inscrit pas dans le « temps du récit » selon les modalités d'insertion déjà étudiées[1].

1. Voir *supra*, chap. I.

Cette lettre acquiert ainsi un statut pour ainsi dire flottant (de même que cet autre échantillon de discours obscurantiste de la lettre CXXXIX concernant des correspondants « hapax », et dont on se demande comment elle peut être en possession des Persans parisiens) qui en souligne le caractère finalement vain. La succession de la question et de la réponse crée, si la question apparaît à sa date d'expédition, des vides : inaperçus pour des lettres philosophiques, ils deviennent criants s'il s'agit du sérail et si Usbek répond. Aussi ce dispositif, loin d'être une technique encore élémentaire qu'un Laclos perfectionnera, répond-il peut-être au projet concerté de produire ces vides où le temps se traîne et où les situations pourrissent, ces silences plus ou moins explicables (rétrospectivement, on le sait, par les inquiétudes d'Usbek ou, plus simplement, au début, par quelque abattement (lettre XXVII) puis par le temps nécessaire à observer et à réfléchir avant de prendre la parole), voire la « part de l'ombre » et du « mystère » dont P. Testud[2] estime à juste titre la « vertu romanesque » grande.

2. *Op. cit.*, p. 652-654.

FICTION ROMANESQUE ET PHILOSOPHIE

Mais l'originalité des *Lettres persanes* reste bien la fameuse chaîne qui en fait ce « tout » inclassable que de fait Montesquieu n'appelle pas roman, ni même « espèce de roman » : cette expression désigne exactement et uniquement les éléments d'ordre fictif. Si cette fiction sert de cadre à l'ensemble dont elle détermine la clôture, si on ne peut se contenter d'y voir le simple prétexte à discours idéologiques, énoncés sous divers masques, on ne saurait non plus lui donner le rôle qu'ont les éléments romanesques d'un roman à thèse où les premiers servent d'illustration, d'allégorie, à la seconde. Ici le mélange est plus complexe et c'est moins d'un roman (soit une intrigue relativement étoffée mettant aux prises des personnages dotés d'une certaine épaisseur psychologique) qu'il faudrait parler, que de romanesque, en entendant par là, non pas évidemment la fantaisie extravagante que réprouve Montesquieu, mais l'essence du roman, la mise en fiction même, c'est-à-dire la mise en temps et la présence des passions.

Le problème n'est pas de savoir si les *Lettres persanes* sont ou non un roman (au reste, selon quels critères historiques ?) mais en quoi consiste ce « recours à la fiction romanesque » (Ben. 1, p. 37). Quelles fonctions assure ici le romanesque tel qu'on a proposé de l'entendre ? De cette mise en roman (mise en histoire et mise en recueil) les analyses des chapitres précédents se sont efforcées de tenir compte. Vers la fin de cette étude, à laquelle il faut bien assigner un terme, on reviendra à partir de nouveaux exemples sur la manière dont la mise en roman est aussi partie prenante de la production du sens philosophique, de ces « raisonnements » que le roman traditionnel n'offrait pas à Montesquieu la possibilité d'exprimer autrement qu'en « digressions ». La chaîne secrète fait se succéder dans le recueil portraits satiriques, réflexions politiques, économiques, religieuses, relations historiques, incidents de la vie du sérail..., selon des relations d'analogie, d'opposition, de progression, d'affinement, mais elle articule aussi, dans la superposition, les différents niveaux (intrigue de sérail, propos idéologiques des Persans, histoire de la Régence) autour d'un objet fascinant, en forme de dilemme, pivot de la méditation qui vient régulièrement achopper sur cette question insoluble : ordre ou désordre ? On peut ainsi tenter, avec J. Goldzink, de montrer comment l'ordre d'apparition des thèmes, au fil des lettres, et leur fictionnement contribuent à produire du sens, à propos de la religion par exemple (Gold. 2, p. 29 *sq.*).

CHAÎNES DE LA RELIGION

Le fil religieux se présente le premier (étape-pèlerinage au sanctuaire de Com signalée dès la première ligne), mais la mention prioritaire de cet arrêt d'un jour seulement pour dévotions ne présage-t-elle pas que la lumière céleste ne suffit plus à ces Persans partis chercher la sagesse ? Ce qui suppose au reste qu'ils l'avaient déjà plus ou moins trouvée et ailleurs que dans l'Alcoran ; c'est en effet à Usbek que s'adresse Mirza resté en Perse et désespéré par les réponses des docteurs de la Loi sur les problèmes de morale que peut se poser un « homme », « citoyen [et] père de famille » (p. 66). Le discours de la fiction qu'est l'apologie des Troglodytes (réponse d'Usbek) limite implicitement le rôle d'une religion dont le caractère révélé est éludé (la méchanceté et les malheurs des premiers Troglodytes s'expliquent par l'absence de principes d'équité ou de justice et la logique de l'échange), à ceux de frein et de lien, à côté des facteurs de sociabilité purement naturels.

C'est cette fonction sociopolitique de la religion, comme des mœurs (dont l'*Esprit des lois* soulignera le poids), qui est également suggérée par la fiction enchâssante. Usbek y reste attaché (le roman de sérail le montre, comme ses questions anxieuses à Méhémet Ali sur le pur et l'impur, alors même qu'il écrit les lettres sur les Troglodytes ; la lettre XCVII le proclame...), alors que ses opinions politiques connaissent une évolution notable — sans conversion totale toutefois aux idées européennes, ce qui aurait pour effet, remarque pertinemment J. Goldzink, de conforter l'idée ruineuse de vérité absolue.

Par ailleurs, faire prononcer au grand eunuque, responsable du sérail (p. 77-78), une profession de foi musulmane selon laquelle l'Europe n'est que « souillure », c'est placer la religion sous le signe de la clôture intolérante. Et que penser du langage figuré et pompeux, pastiche du style asiatique (d'autant plus remarquable que l'auteur-éditeur a annoncé que sa traduction en aurait « soulagé » le lecteur), de la lettre XVII (Usbek au « divin mollak »), sinon qu'il souligne la distance absolue entre clercs et laïcs ? Cet effet, présent aussi dans les lettres XCIII et XCVII, s'accroît encore du fait que leurs destinataires, autres éminents « santons » ou « dervis », ne répondent pas à Usbek. Au reste, quand c'est un dignitaire religieux qui parle (lettres XVIII ou XXXIX), comme l'a noté J. Dagen[1], c'est peut-être le caractère inévitable, donc intraduisible et indissociable de ce qu'il exprime, de ce langage, qui est ainsi suggéré, avec comme corollaire l'idée que la langue rituelle crée son propre objet, confère l'existence à ce qui n'en a pas. Style ampoulé qu'Usbek n'aime pas et qu'il soupçonne (la lettre XCVII ne met en cause explicitement que l'Alcoran..) de n'être qu'un moyen de relever la petitesse des idées tout humaines qui, malheureusement, s'y trouvent trop souvent.

La réponse de Méhémet Ali (lettre XVIII) est une fable (la religion en serait-elle une ?), mais surtout une fable ridicule. Usbek n'a-

---

1. *Op. cit.*, p. 82.

t-il pas en effet répondu aussi à Mirza par une fable, et la grande lettre XLVI sur les rites et les cérémonies (réponse à lui-même, selon Goldzink, d'un Usbek qui a, depuis la lettre XVII, conquis une certaine autonomie) n'en est-elle pas une aussi ? Elle conclut par le discours rapporté d'un « homme » (sens générique ?) qui proclame (écho des angoisses de Mirza ?) que le meilleur moyen de plaire à un Dieu qui transcende la multiplicité contradictoire des religions constituées est de vivre en bon citoyen et bon père de famille. Sans allonger la liste de ces remarques, notons de manière générale que l'antériorité manifeste du thème religieux (non absent pour autant du recueil après la lettre XCVII : voir les lettres CXXIII, CXXV, CXXXIV, CXLI, CXLIII) suggère peut-être qu'à l'inverse de Voltaire Montesquieu estime le problème moins difficile et urgent que le politique.

FICTIONNEMENT ET POLITIQUE

Dans ce domaine aussi, la discussion s'enrichit d'harmoniques produits par la mise en roman. La forme épistolaire qui fragmente le discours fait avancer la réflexion par petites touches et l'on pourrait en suivre le progrès de lettre en lettre, selon les scripteurs. On s'attachera plutôt (comment pourrait-on tout dire ?) aux cas les plus significatifs d'articulation de l'aspect de la fiction qu'est le drame du sérail, avec les réflexions théoriques. On voit particulièrement bien, à propos de l'analyse du despotisme, comme « représenter » (*Réflexions* de 1754) un Persan, maître jaloux d'un sérail, ne se réduit pas à offrir une espèce de variation du thème sur le plan privé oriental — qu'on voie dans le sérail l'allégorie de la Cour de Perse ou de la Cour de France — mais contribue aussi à l'analyse théorique en désignant, par les moyens propres au « roman » qui donne à voir et à sentir, peut-être moins les contradictions de la philosophie idéaliste des Lumières[1] que les racines privées de ce mal, de ce désordre : noyau irrationnel, archaïque, de nature foncièrement domestique et érotique, échappant au discours théorique que viennent suppléer les fictions où affleurent les fantasmes. Mal indéracinable ? Le renvoi par Usbek au sérail d'Ispahan (lettre XXII) des eunuques noirs, qui en sont le symbole le plus voyant, n'a pas empêché la révolte, non plus qu'il n'a (si on le lit autrement) totalement libéré en Usbek l'aspect « Rica » : rappelons-nous que celui-ci n'a pas de sérail, qu'Usbek ne lui parle jamais du sien et qu'il ne prend la parole qu'en Occident, une fois justement les eunuques noirs renvoyés depuis Smyrne en Perse, comme s'il se substituait à eux auprès d'Usbek — selon la suggestion séduisante de J.-P. Schneider[2].

---

1. Voir R. Laufer, *op. cit.*, p. 70-71. Voir Dossier, p. 167-168.

2. *Op. cit.*, p. 8.

ROXANE ET ZÉLIS

La résistance au despote domestique s'incarne dans des figures féminines ; celle de Roxane, à qui le texte laisse le dernier mot, a polarisé l'attention des exégètes qui ont exalté la grandeur tragique, le courage d'un suicide qui devient révolte héroïque, dans la mesure où il dénonce la tyrannie et affirme la liberté. Mais on peut être sensible, on l'a noté, à l'emphase rhétorique quelque peu grandiloquente de ce « chant de mort et de bravade » (Gold. 2, 111) et s'interroger sur la portée réelle du geste proclamé dans ce qui est peut-être un pastiche du style tragique. On a déjà eu l'occasion de suspecter la validité morale et philosophique des notions de nature et de liberté dont l'héroïne se réclame ; un rapprochement avec la lettre CIV qui interroge le droit politique de révolte des sujets, préconisé par les Anglais, ne peut que renforcer ces soupçons : le texte peut-il espérer fonder en droit un acte qui viole lois civiles et contrats, installe l'anarchie et n'est suscité — comme l'avait souligné J. Starobinski (p. 33) — que par la haine ?

« La liberté politique ne consiste point à faire ce que l'on veut. Dans un État, c'est-à-dire dans une société où il y a des lois, la liberté ne peut consister qu'à pouvoir faire ce que l'on doit vouloir, et à n'être point contraint de faire ce que l'on ne doit point vouloir.

Il faut se mettre dans l'esprit ce que c'est que l'indépendance, et ce que c'est que la liberté. La liberté est le droit de faire tout ce que les lois permettent ; et si un citoyen pouvait faire ce qu'elles défendent, il n'aurait plus de liberté, parce que les autres auraient tout de même ce pouvoir » (O.C., II, p. 395).

Mais c'est surtout si l'on se situe du point de vue de la conduite d'autres femmes, Zélis par exemple, que celle de Roxane perd le plus de son pouvoir de fascination. Personne ne lui a vraiment fait un sort, même si l'on a relevé sa revendication de conscience libre, tout en continuant à l'estimer interchangeable avec ces houris onduleuses dont le nom commence par les sinuosités d'un Z (p. 33 et 20). Elle est la seule à avoir donné un enfant à Usbek — une fille... — et c'est à propos de celle-ci qu'elle lui a adressé la lettre LXII, ainsi que la lettre LXX qui met en cause l'iniquité de la loi autorisant le mari à renvoyer ignominieusement à son père une épouse prétendue non vierge ; la première de ces lettres a déjà retenu notre attention. Il faut y revenir, sans perdre de vue non plus ici la lettre CIV. C'est cette femme qui proclame la supériorité de l'ordre instauré par les lois civiles sur le « devoir » et le « penchant » naturel, précaire et instable. Ce n'est pas par la violence désespérée d'un acte d'autodestruction, engendrant l'anarchie, que Zélis cherche sa libération.

Si c'est une loi qui valide le mariage, lien d'obéissance de la femme au mari fondé sur un amour réciproque (tel le contrat politique des Anglais, évoqué avec quelque étonnement par Usbek), une loi peut l'invalider, s'il est déjà rompu par un mari qui, loin de rendre son épouse heureuse, cherche à l'accabler et à la détruire : le retour à la « liberté naturelle » s'effectue alors sans violence anarchique et surtout en annulant expressément la légitimité du lien ancien, que la « force du désespoir » (O.C., I, p. 1442), suicide ou meurtre, laisse intacte. C'est ce qu'il est peut-être possible d'inférer de la confiance de Zélis dans les lois et surtout du projet de demander « devant le juge » sa « séparation ». Une lettre d'Usbek (non insérée dans le recueil qui chante ailleurs les vertus démographiques du divorce, admis par les Romains) la tance vertement. Motif ? Mari absent depuis des années..., donc aussi inopérant que le marquis de Gesvres à qui sa femme a intenté un procès pour impuissance (voir la lettre LXXXVI). Voilà Zélis aussi impudique que ces femmes occidentales qui vont étalant leur intimité dans les tribunaux, au nom de leur droit au plaisir, et incapable, malgré son âge, de maîtriser ses passions !

LA PRISON HEUREUSE : ZÉLIS ET ANAÏS

La lettre LXII a bien reconnu que la « Nature » a mis les femmes « dans le feu des passions », sans leur laisser connaître l'heureux état de tranquillité où la satisfaction de leur désir plonge les hommes. Mais sa rédactrice s'y flatte aussi d'une liberté, définie, semble-t-il, par la possibilité de se rendre heureuse, et composant de ce fait curieusement avec l'absence d'Usbek et l'amour qu'elle dit avoir pour lui : la prison où il la confine ne peut qu'accroître cette liberté et ce bonheur puisque, sans parler du travail de l'imagination qu'elle favorise, elle atteste l'amour et la dépendance du jaloux Usbek, ni libre ni heureux. C'est encore au nom du bonheur qu'il ignore et pour sa dégradation morale que Zélis le défiera dans la lettre CLVIII, tout en proclamant avoir acquis, pour sa part, la tranquillité : « Mon cœur est tranquille, depuis qu'il ne peut plus vous aimer. » Spécificité de Zélis, entre Roxane qui a toujours haï et Zachi (lettre CLVII) qui prétend continuer à aimer le despote et n'a, elle non plus, d'autre issue que la mort ; mais proche d'Anaïs : celle-ci sait qu'être heureux, c'est savoir qu'on l'est : « depuis plus de huit jours » de plaisirs incessants, « toujours hors d'elle-même, elle n'avait pas fait une seule réflexion » (p. 315). Or le bonheur est dans la conscience qu'on en a, et, finalement, dans cette reprise réflexive libératrice, c'est d'elle-même, en tout narcissisme, que l'âme, tranquille, jouit.

Peut-être est-ce pour préserver cette image de la tranquillité qu'est la distance par rapport aux passions (au moins aussi stoïcienne que le suicide de Roxane) que Montesquieu n'a pas retenu le projet de séparation — capable en outre de déchaîner davantage les foudres de l'Église. À côté de Roxane, Zachi ou l'éphémère Fatmé (lettre VII), images fantasmatiques de la violence auto-destructrice d'un désir féminin insatiable, la figure de Zélis met aussi en scène, à défaut de l'élucider, le désordre foncier de l'impossible commerce des sexes.

La lettre XXVI noue liberté, vertu et bonheur sur le plan domestique moral individuel : Usbek y affirme à Roxane le bonheur dû à sa vertu liée à l'absence de liberté. Chasteté et pudeur, résistance aux sens même dans le mariage — ce que l'époux juge excessif —, cette vertu négative est faite d'interdits et sème la mort pour sa sauvegarde. Elle risque d'autre part de se réduire à la non-culpabilité de fait (« impuissance de faillir ») et à l'« innocence », stade pré-moral, avant la connaissance du bien et du mal, alors que la vertu réelle exige un effort, donc l'existence d'une contrainte mais aussi la possibilité de s'y dérober. Effort contre quoi, sinon la nature ? Or la vertu est dite aussi gravée dans la nature qui se révolte contre les désirs désordonnés des sens, imputés, dans le cas des femmes occidentales, à une éducation néfaste. Leur satisfaction par les voies légales prend même la figure de la répression, si l'on en croit l'étrange formule finale : Roxane est à plaindre non parce que l'absence de son époux laisse ses désirs insatisfaits mais parce qu'elle est seule pour assurer leur répression. Essentiellement répréhensible, le désir féminin a un statut négatif. Usbek imagine volontiers une Roxane ne s'y abandonnant jamais, excellent alibi à la tyrannie dénoncée en quelque sorte par Fatmé. Il y a comme une projection sur Roxane de sa peur du désir féminin.

Ce rapport impossible est une forme privilégiée de la violence intime qui est à l'œuvre partout et d'où procède aussi le temps, essence même du romanesque : la béance finale du « roman » (présagée par le suspens de la fiction enchâssée des Troglodytes) en donne à sentir l'être-là opaque et incontournable, mais c'est dans et malgré ses ravages que l'Histoire se fraie, tant bien que mal, un chemin.

VERS UN AUTRE ROMAN

À quel genre littéraire assigner cette complexe et ingénieuse machine textuelle ? Ce que Montesquieu a appelé roman y est partie prenante — on a tenté de le montrer après quelques autres — de la réflexion philosophique qu'il conforte, conteste ou approfondit. Est-il certain que l'auteur des *Lettres persanes* ait voulu tout cela d'emblée ? De l'introduction de 1721 aux *Réflexions* de 1754 on passe d'une forme ouverte à une forme close, sans contradiction au demeurant puisque, ici aussi, il y a le temps. La forme épistolaire, utilisée délibérément pour toucher à tout dans une liberté et une diversité à l'occasion contradictoires, intègre une dimension romanesque minimale dont la présence même a pu compliquer le discours et dont l'articulation avec les propos philosophiques a pu révéler, après coup, non seulement aux lecteurs, mais à son auteur (à qui s'appliquerait aussi le « sans y penser » des *Réflexions*), sa nécessité profonde. Si ce texte joue un rôle indéniable dans l'histoire du genre épistolaire, il reste à apprécier dans sa spécificité et l'on proposera d'y voir moins un roman philosophique qu'un essai philosophique dont la dimension romanesque permet d'alimenter profondément la réflexion aux sources de l'imaginaire. Mais c'est là aussi œuvrer dans le sens d'une promotion du roman que de faire entrer ici, masqué, dans la philosophie, une espèce de romancier, appelé à exercer un magistère idéologique. C'est aussi comme d'une « espèce de roman » que Rousseau parlera de *La Nouvelle Héloïse*, qui est peut-être, avec l'*Esprit des lois* à d'autres égards, la véritable postérité des *Lettres persanes*.

CONCLUSION

RÉGENCE ET ROCOCO

« Président, cela sera vendu comme du pain » : le Père Desmolets voyait juste en prédisant à son ami le succès triomphal de son livre. S'il est vrai que le désir de l'écrire a surgi au cours du séjour parisien de 1716-1717, l'ouvrage ne pouvait qu'exprimer et refléter l'atmosphère des mois qui ont immédiatement suivi la mort d'un monarque tyrannique, cacochyme et dévot. Dénoncer le despotisme royal, les mauvais conseillers, les courtisans, les « traitants », le règne du plaisir et de l'argent, dans « une société qui se décompose » (P.V., p. XXIX), n'avait rien d'original à cette date ; dénoncer l'intolérance, les disputes théologiques, la casuistique, la vanité du prosélytisme, non plus. La Régence qui liquide Louis XIV, renverse les idoles au nom de la liberté et du plaisir, rappelle les comédiens italiens... s'est reconnue dans l'allégresse insolente d'un texte avec lequel l'austérité de La

Bruyère, l'audace des critiques de Bayle ou de Marana prenaient la forme d'un étincelant jeu de massacre. Il s'attaquait à un « édifice moribond » (P.V., p. XXX) dont ceux qui allaient bientôt le restaurer ne voyaient pas alors qu'il désignait aussi la résurrection éventuelle ; car c'est jusqu'aux racines du mal despotique qu'a creusé Montesquieu, comme jusqu'à celles du théâtre de l'ordre social, jusqu'à ce « jeu subtil et mesuré entre l'ordre et le désordre » (Ben. 3, p. 42). Aspect essentiel du charme de ce livre et de l'époque (« commencement de la fin d'un système social », selon Valéry[1]) qui s'en est enivrée : ces époques de « crise dans leur phase modérée, au moment où l'étreinte s'est un peu relâchée et où l'institutionnel, qui procure un certain confort par sa présence, est privé des vertus qui le sacralisaient » (Ben. 3, p. 40).

Si l'essentiel reste bien l'expression et la quête de l'Ordre (P.V., p. XXX), s'il ne faut parler ni de frivolité ni de scepticisme, détachement ironique ou pyrrhonisme destructeur, il ne faut pas non plus méconnaître la complaisance souriante aux désordres dénoncés, le plaisir pris à ce flirt avec la catastrophe, au suspens voluptueux dans le vide de l'arbitraire absolu ; vertige fascinant de l'absence de centre ou de fond qu'apprivoise le style rococo dont on a pu rapprocher celui du roman des Lumières : harmoniser les dissymétries, suggérer un centre non représenté ou cacher le vrai sujet dans le prolongement imaginaire d'éléments d'apparence accessoires[2]. Dérapages contrôlés : c'est aussi par

---

1. *Op. cit.*, p. 512.

2. Voir R. Laufer, *op. cit.*, p. 25-26.

l'absence de risque réel d'un intense frémissement intérieur qui remue les passions que l'abbé Du Bos, à la même date (la première édition des *Réflexions sur la poésie et la peinture* est de 1719), définit le plaisir esthétique.

« AUBE » OU « MARGES » DES LUMIÈRES ?

Le problème n'en reste pas moins de construire des ordres, barrages plus ou moins précaires contre la « corruption » universelle, donc d'interroger l'idée de liberté humaine, sa possibilité, ses références, la validité d'une action qui cherche à réaliser le bonheur. Ces questions seront celles des Philosophes. Les *Lettres persanes* sont-elles la « parabole des Lumières en quête de leur baptême » (Gold. 2, p. 50) ? Le voyage qui s'y raconte figure parfaitement l'espoir et les démarches d'une raison qui s'est mise en mouvement et à distance. Elles sont un des meilleurs accomplissements de l'« aube des Lumières » dont elles défendent les valeurs essentielles : « rationalisme, liberté intellectuelle, modération politique, pacifisme, nostalgie de la vertu et passion de l'utilité, primauté de la sociabilité et priorité du bonheur, amour des hommes et horreur de l'intolérance dogmatique qui sacrifie l'universel au particulier » (Gold. 2, p. 10).

Mais ne peut-on pas aussi les ranger dans les « marges des Lumières » : ces textes où se remet en question secrètement l'ordre de leur discours (Ben. 2, p. 15) ? Elles seraient moins le prélude, enchaînant dans la continuité avec le « midi des Lumières », que la désignation anticipée de ce que celui-ci omet, occulte, refoule ; en particulier la facticité des valeurs, l'artifice dont cet âge entreprend, dans le même geste, la critique et la légitimation[1]. « Montesquieu hésite, écrit J. Starobinski, au seuil du monde historique, au seuil du monde où l'homme est le créateur de toutes ses valeurs. Il ne veut pas quitter le monde de l'éternel[2]. » De même, si des *Lettres persanes* à l'*Esprit des lois* s'observe bien un progrès dans l'élucidation théorique, si le déchirement entre norme idéale et réalité désordonnée s'apaise en contemplation sereine d'un réel intelligible, les désordres dénoncés n'en demeurent pas moins actifs et sous-tendent les apories qui fissurent toujours le bel édifice. Est-ce en invoquant la nature physique du climat contre la « nature humaine » qu'on rendra compte de cet incompréhensible despotisme oriental[3] ? Car le problème est celui du prince qui « met, comme les empereurs romains, une tête de Méduse sur sa poitrine » (O.C., II, p. 355), celui de l'amour du despote et des racines érotiques du pouvoir que le roman des *Lettres persanes* a désignées ; c'est aussi celui des complices de ce venin despotique, la « corruption des mœurs » et le temps qui « détruit tout » (p. 218), en particulier les Parlements : serait-il le véritable héros du roman ? La chaîne de la datation orientale, dont la critique a mis si longtemps à percer les secrets, n'y joue-t-elle pas un rôle essentiel ? N'est-ce pas en définitive la question même du pro-

1. Sous-titre du livre de J. Starobinski, *Le Remède dans le mal*, Gallimard, 1989.

2. *Montesquieu par lui-même*, Seuil, 1953, p. 77.

3. Voir A. Grosrichard, *Structure du sérail*, 1979, p. 49 *sq.*, p. 230.

grès, autre article majeur du credo des Lumières, qui s'y pose ? Cycles de la corruption inéluctable ou bien avancées, même discontinues, de l'Humanité ? Même si l'Europe n'est pas irréprochable, les Persans y ont beaucoup appris, en particulier sur la liberté.

SAPERE AUDE

La logique du Président n'est pas celle du tout ou rien ; loin d'être une « raison carrée », trônant sur des certitudes, la raison « impure[1] » qu'il met en œuvre, raison « compromise » mais non « dégradée » (Ben. 3, p. 52), sait louvoyer au cœur du désordre vital irrationnel. Elle consiste moins à saisir des évidences qu'à analyser des conditions de possibilité, raison critique avant la lettre, quête d'un savoir qui risque d'ouvrir sur le vide de l'arbitraire, mais où s'éprouve la volupté de cette incomparable légèreté à laquelle Valéry a été sensible ; jouissance de l'esprit qui s'émerveille de l'infinie fécondité de principes simples (alliance d'unité et de variété, selon le discours esthétique d'alors), mais surtout du libre jeu de son ingénieuse souplesse. Verra-t-on alors, avec R. Caillois (O.C., p. VI), dans les *Lettres persanes* lues depuis l'*Esprit des lois*, un « exercice préliminaire » d'assouplissement en vue de « plus sérieuses démarches » ? Peut-être pas seulement car c'est dans ce jeu qui, sans être pervers, jouit des vacillations du sens déçu, que s'apprend

1. Titre de l'ouvrage de P. Vernière : *Montesquieu et l'« Esprit des lois », ou la raison impure*, SEDES, 1977.

le regard libre, toujours au-delà des fausses solutions, connaissance détachée qui ouvre l'accès à un savoir non exempt de cette « gaieté » revendiquée par Montesquieu qui la refuse à Voltaire et à Fontenelle mais la trouve chez Rabelais[1], Montaigne, Molière et le Pascal des *Provinciales*[2] « aussi » (p. 422). Agile alacrité qui danse sur les ruines avec le devenir, non sans une grâce et un sens de la gratuité tout aristocratiques.

Il n'est pas sûr en effet que nous n'ayons plus rien à apprendre de cet aristocrate éclairé mais ce qui est certain, c'est que son coup d'essai littéraire n'a pas fini, par les perplexités qu'il réserve à ses lecteurs et la mise à l'épreuve de leur perspicacité, d'exercer délicieusement leur amour-propre.

1. On se souvient de la définition, aux résonances stoïciennes, du « pantagruélisme », dans le prologue du *Quart Livre* : « certaine gaieté d'esprit conficte en mépris des choses fortuites ».

2. Et pourquoi pas *aussi* celui de la phase destructrice des *Pensées*, qui emprunte à Montaigne le dévoilement ironique (mais adossé à la foi) du fondement « mystique » de l'autorité des lois ?

DOSSIER

I. REPÈRES BIOGRAPHIQUES

Le lecteur peut se reporter à la « Vie de Montesquieu » (*Lettres persanes*, Folio n° 475, p. 403-406). On précisera ici quelques points :

1) Montesquieu est le premier fils (un frère et deux sœurs dont l'une tendrement aimée) de Jacques de Secondat et donc héritier du nom d'une famille de vieille noblesse de Guyenne, qui fut attachée aux rois de Navarre ; ses traditions unissent calvinistes et catholiques (Montesquieu épousera une protestante), l'épée et la Robe — naissance proportionnée à une fortune (riches vignobles) qu'il a soigneusement gérée et accrue.

2) Les Oratoriens, chez qui il fait ses études, grand ordre religieux enseignant — à côté de et en concurrence avec les Jésuites — illustré par Malebranche, offraient des programmes qui, sans négliger les humanités, ménageaient une place importante aux sciences et à la philosophie moderne, c'est-à-dire cartésienne.

3) Les séjours à Paris avant 1721 : celui de 1709-1713, en vue de parfaire sa formation juridique, est mal connu. C'est à ces années que son ami, l'abbé de Guasco (*Lettres familières du président de Montesquieu*), fait remonter les *Lettres persanes* : « Obligé par son père de passer toute la journée sur le Code, il s'en trouvait le soir, si excédé que pour s'amuser, il se mettait à composer une lettre persane. » C'est alors qu'il aurait rencontré le jeune Chinois converti, Hoang. Il y séjourne encore en 1717 et fréquente une intelligentsia indépendante : Boulainvilliers (ami de Saint-Simon, mort en 1722, théoricien des origines franques de la monarchie française), Fréret, Fontenelle.

4) L'élection à l'Académie française : si le public le « montrait » à la docte assemblée, selon l'*Éloge* de D'Alembert dans l'*Encyclopédie* (t. V, p. IV), l'ancien évêque de Fréjus, Fleury, cible

probable de la lettre CI, devenu cardinal et ministre, a élevé des obstacles dont a triomphé la bonne grâce du Président. Il était également membre de la très maçonne Société royale de Londres (1730), de l'Académie de Berlin (1746), de celle de Stanislas de Pologne (1751), protecteur de la maçonnerie lorraine.

5) Ses relations avec la franc-maçonnerie, sans parler des milieux anglo-saxons de Bordeaux ou du Club de l'Entresol, sont connues par les journaux anglais : initié dans une loge anglaise en 1730, il se montre actif à Bordeaux comme à Paris, au point d'être dénoncé à Fleury en 1737[1].

6) L'attaque de l'abbé Gaultier contre les *Lettres persanes* suit la mise à l'Index de l'*Esprit des lois* en 1751.

---

1. Voir l'entrée *Montesquieu* dans le *Dictionnaire de la franc-maçonnerie*, PUF, 1991, 3e édition.

II. REPÈRES HISTORIQUES

Dans les *Lettres persanes*, la chronologie romanesque rattrape, à quelques mois près, la date de la publication : l'époque à laquelle se rédige et paraît le texte est la même que celle qui sert de cadre au « roman » et d'objet à la satire de mœurs ou aux réflexions politiques ; c'est la fin du règne de Louis XIV (1712-1715) et la quasi-totalité de la Régence (1715-1720).

CHRONOLOGIE

1685 — Révocation de l'Édit de Nantes. Vivement réprouvée par Saint-Simon ou Vauban, sinon par tous. Une élite sociale et intellectuelle mais aussi industrieuse, sans parler des capitaux, quitte la France.
Vossius (*Variarum observationum liber*, recensé et commenté par Bayle) pose le problème de la dépopulation de l'Europe, repris plus tard par Fénelon, Vauban, Boisguillebert, Boulainvilliers.

1686-1687 — Fontenelle, *Entretiens sur la pluralité des mondes* et *Histoire des oracles*.

1688 — La Bruyère, *Caractères*.
Ouverture à Paris du café Procope.

1688-1689 — Chute de Jacques II d'Angleterre et avènement de Guillaume d'Orange.

1689 — Début de la guerre de la Ligue d'Augsbourg. Coalition contre la France de l'Angleterre, des

	Provinces-Unies, de l'Empire, de l'Espagne et de la Savoie.
1694	Naissance de Voltaire. Fénelon, *Lettre à Louis XIV.* Saint-Simon commence ses *Mémoires.*
1695	Boisguillebert, *Détail de la France sous le règne de Louis XIV.*
1697	Paix de Ryswick. Louis XIV reconnaît Guillaume d'Orange comme roi d'Angleterre. Bayle, *Dictionnaire historique et critique.* Malebranche, *Traité de l'amour de Dieu.*
1699	Fénelon, *Aventures de Télémaque.* Condamnation à Rome du courant religieux appelé quiétisme.
1700	Traduction française de l'*Essai sur l'entendement humain* de Locke (1690).
1701	Début de la guerre de succession d'Espagne, qui ligue contre la France, alliée à l'Espagne, l'Empire, l'Angleterre, les Pays-Bas, la Savoie, le Portugal.
1704	Bossuet, *Politique tirée de l'Écriture sainte.* Locke, *Lettres sur la tolérance.*
1705	Mandeville, première publication (en anglais) de la *Fable des abeilles* (vices privés, vertus collectives : civilisation et prospérité résultent, non de la vertu, mais de l'amour du luxe).
1707	Boisguillebert, *Dissertation sur la nature des richesses.* Vauban, *La Dîme royale.*
1709	Le « grand hiver ». Famine. Le Père Le Tellier, S.J. devient confesseur du roi. Expulsion des religieuses de Port-Royal-des-Champs. Lesage, *Turcaret.*

	Pierre le Grand bat Charles XII à Pultava.
1710	Naissance du fils du duc de Bourgogne, futur Louis XV.
	Leibniz, *Essais de théodicée*.
	Ouverture du salon de Mme de Lambert.
1711-1712	Mort de Boileau et naissance de J.-J. Rousseau.
1712	Mort du duc de Bourgogne.
1713	Traité d'Utrecht (avec l'Angleterre, les Provinces-Unies, etc.).
	Bulle *Unigenitus*, promulguée par le pape sur les instances de Louis XIV. Elle condamne cent une propositions extraites des *Réflexions morales* de Pasquier Quesnel, devenu, après la mort d'Arnauld et de Nicole, le théologien officiel du jansénisme.
	Abbé de Saint-Pierre, *Projet pour rendre la paix perpétuelle en Europe*
	Naissance de Diderot.
1713-1714	Relance de la Querelle des Anciens et des Modernes, à propos de la traduction d'Homère par La Motte (*Iliade en XII chants accommodée au goût du jour*) auquel Mme Dacier répond par son *Discours sur la corruption du goût*.
1714	Traité du Rastadt (avec l'Empire) qui consacre la prépondérance anglaise.
1715	1er septembre : mort de Louis XIV.
	2 septembre : le Parlement casse son testament, à la demande de Philippe d'Orléans, fils de la Palatine, neveu du roi, appelé à la régence vu l'âge de l'arrière-petit-fils.
	Installation de la Polysynodie

	15 septembre : rétablissement du droit de remontrance du Parlement.
1716	(jusqu'en mai 1717) Chambre de justice destinée à la révision de la dette publique. Nombreuses condamnations de financiers.
	Law installe sa Banque générale.
	Appel de seize évêques et de trois mille membres du clergé à un concile général touchant la bulle *Unigenitus*.
	Arrivée des Comédiens-Italiens à Paris.
	Première victoire du prince Eugène de Savoie sur les Turcs.
1717	Création de la Compagnie d'Occident.
	Traité de La Haye : constitution contre l'Espagne de la Quadruple Alliance (France, Angleterre, Hollande, Autriche) qui renverse les alliances traditionnelles.
	Voltaire à la Bastille.
	Fleury devient précepteur de Louis XV.
	7 octobre : le Régent impose silence aux protestations contre la bulle *Unigenitus*.
1718	Août : lit de justice contre le Parlement, qui limite son droit de remontrance, à propos de Law, dont la banque devient Banque royale.
	24 septembre : fin du gouvernement des conseils : quatre sont supprimés.
	Conspiration contre le Régent de l'ambassadeur d'Espagne, Cellamare, et du duc du Maine, arrêtés le premier le 9, le second le 28 décembre.
	Mort de Charles XII.
1719	Conflit avec l'Espagne.
	Rachat par Law du privilège de la Compagnie des Indes.

1720	Janvier : Law devient contrôleur général des finances. Juin : banqueroute et fuite de Law. 20 juillet : exil à Pontoise du Parlement qui a refusé d'enregistrer un édit obligeant la Compagnie des Indes à absorber soixante mille francs de papier-monnaie Ouverture du Club de l'Entresol. Abdication d'Ulrique de Suède.
1722	Le cardinal Dubois devient Premier ministre. La Cour se réinstalle à Versailles.
1723	Mort du Régent et de Dubois. Majorité de Louis XV. Le duc de Bourbon devient Premier ministre. Suppression totale des conseils.
1725	Mariage de Louis XV. Disette à Paris ; émeutes en province.
1726	Le cardinal Fleury remplace Bourbon. Voltaire embastillé.
1727	Mort du diacre Pâris. Début des troubles causés par les « convulsionnaires » sur sa tombe, au cimetière Saint-Médard (1730-1732).
1730	Fleury fait de la bulle *Unigenitus* une loi d'État.

LA RÉGENCE

Réaction aristocratique, la Régence constitue, politiquement, une crise de l'absolutisme, entre la deuxième Fronde (celle des Princes), après laquelle il s'installe, et la réaction nobiliaire qui a précédé la Révolution de 1789, avec laquelle il s'effondre. Saint-Simon, duc et pair, y joue un rôle de premier plan. Mais la contestation de la monarchie absolue est aussi le fait des Parlements et des jansénistes. La résistance de ces derniers cristallise autour du refus de la « Constitution » (bulle *Unigenitus*) ; acceptée par l'assemblée des évêques et imposée au Parlement (15 février 1714), elle n'en a pas moins soulevé d'emblée de vives protestations, dans le Parlement, la Cour, le clergé (l'archevêque de Paris, Noailles, en tête) ; l'acceptation en est désormais soumise à des explications refusées par le pape et ces disputes théologiques ne pourront que s'envenimer, dans la mesure où elles s'enracinent dans des intérêts politiques et sociaux.

La rupture avec le régime louis-quatorzien se manifeste d'entrée de jeu : retraite de Mme de Maintenon à Saint-Cyr, consultation du Parlement, éloignement des bâtards légitimés, retour du gouvernement de Versailles à Paris, libération des jansénistes emprisonnés, empressement des Grands autour du Régent qui installe le système des conseils ou Polysynodie. Au sommet, le conseil de régence qu'il préside et dont les travaux sont préparés par sept autres, comprenant grands seigneurs, parlementaires, magistrats, gens d'Église : affaires religieuses (conseil de conscience, présidé par le cardinal de Noailles), affaires étrangères, guerres, finances (présidé par le duc de Noailles), marine, intérieur, commerce. Réalisation des rêves des féodaux écartés du pouvoir, dont les vues ne recouvrent pas forcément celles de la Robe (Parlements). Ils seront, les uns et les autres, mis en échec par le Régent qui a laissé se dérouler à son profit la revanche nobiliaire et gouverné de fait avec Dubois (abbé puis cardinal et Premier ministre en 1722). Amorcée dès 1718, la restauration de la monarchie absolue sera parachevée par Fleury de 1726 à 1743, après cette crise dont la résorption rapide s'explique par ce qu'étaient alors les rapports des groupes sociaux et le degré de développement économique.

L'opposition au vieux roi rassemblait la majorité — sinon la totalité, et surtout les antidévots — de la noblesse (hostile depuis 1660), laquelle entre aussi dans une catégorie plus complexe, définie moins par l'origine sociale que par l'attention à l'évolution économique et où voisinent aristocrates à richesse terrienne et grands bourgeois d'affaires (commerce et banque). Contestation « aristocratique » ambiguë dont les éléments dynamiques (supports sociaux des « Modernes » de la Querelle) s'opposent à d'autres groupes sclérosés : aristocrates dévots, ralliés par l'austérité de la fin du règne, vieille bourgeoisie de robe, offices et rentes ; l'intégration de certains nobles au dynamisme réservé traditionnellement à la « bourgeoisie » s'assortit de celle des grands bourgeois à l'aristocratie (charges anoblissantes, idéal de vie noble) et contribue à émousser les contradictions entre groupes sociaux propres à générer des mutations, au même titre que d'autres clivages : ville/campagne, Paris/province, Ville (Paris)/Cour (Versailles). Les excès despotiques depuis 1680 (usurpation des droits de la noblesse, révocation de l'Édit de Nantes et guerres ruineuses pour l'économie) ont uni contre Louis XIV des groupes prêts par ailleurs à accepter une monarchie absolue, pour ainsi dire modérée, qui garantisse la paix aux affaires et une certaine liberté politique et morale : l'aristocratie garde partie liée avec la monarchie et le développement économique n'est pas encore tel qu'il pousse la bourgeoisie active à faire sauter le verrou politique.

LE SYSTÈME DE LAW

De ce point de vue économique, le Régent hérite d'une situation désastreuse, surtout en ce qui concerne les finances. Aux palliatifs traditionnels mis en œuvre par le duc de Noailles puis par d'Argenson (banqueroute partielle, refonte des monnaies, contrôle des billets présentés par les créanciers de l'État, chambre de justice contre les spéculateurs, réduction des rentes, etc.), succède en janvier 1720 la politique fondée sur le système préconisé par le financier écossais John Law (1671-1729), devenu alors contrôleur général des finances.

Montesquieu a rencontré Law à Venise où ce dernier mourra le 21 mars 1729 : « J'ai ici beaucoup raisonné système avec M. Law. C'est s'y prendre tard que d'avoir fait sa connaissance en 1728 » (lettre à Berwick, 15 septembre 1728)[1].

Expérience à la fois financière et économique, l'originalité du Système consistait dans la liaison et la systématisation de ces aspects. Au fait des grands mécanismes bancaires européens (*Considérations sur le numéraire et le commerce*, 1705), Law a tenté une révolution des structures financières — quoique son système, différent du colbertisme, ne sorte pas totalement du mercantilisme ; comme lui il admet que la prospérité de l'État se mesure à l'abondance de monnaie ou de signes monétaires ; mais il estime le papier-monnaie préférable aux espèces métalliques : emploi commode ; circulation rapide, devant entraîner de multiples échanges ; la thésaurisation n'en est pas à craindre ; la création, dans les mains de l'État, ne peut être inférieure à la demande ; la quantité en est gagée, non seulement sur le numéraire en caisse, mais sur la confiance et la richesse qui ne peut que résulter de l'usage de ces instruments de *crédit*. Il est émis par une banque, alimentée par des actions et associée à une compagnie de commerce (d'abord, la Compagnie d'Occident qui reçoit le monopole d'exploitation du vaste territoire de la Louisiane — équivalant aux actuels États de Louisiane, Mississippi, Arkansas, Missouri, Illinois,

---

1. *Correspondance*, in *Œuvres complètes*, Nagel, t. III, p. 913.

Iowa, Wisconsin, Minnesota — retiré au financier Crozat, à la suite de sa condamnation par la chambre de justice de 1717-1718), qui fonctionne également par actions, payables en billets d'État. Afin d'éponger la dette publique, les créanciers de l'État deviennent actionnaires de la Compagnie. L'objectif est de fournir du crédit aux négociants, de se substituer à l'État pour la gestion des finances. Ce mercantilisme rénové met en évidence les rapports étroits entre l'économie générale et l'abondance monétaire par l'intermédiaire du commerce et le jeu des taux d'intérêt.

Law intègre le problème de la dette publique à un vaste plan de rénovation, dans lequel l'expansion monétaire est liée à la promotion de l'économie nationale, attendue de la politique maritime et coloniale, de l'amélioration du réseau de communications intérieures (alors que l'« Ancien » de la lettre CXLII exhume des voies romaines...), de l'abolition des entraves au commerce (les péages), de l'encouragement aux manufactures et de la revalorisation de l'agriculture. Elle est également liée à une réforme fiscale : égalité devant l'impôt réduit à une taxe sur la propriété foncière (espèce d'impôt sur le capital), exemption des pauvres et des industriels, abolition des impôts indirects (entraves à la consommation), perception fiscale assurée par l'État (suppression des fermiers généraux). La Banque royale assurera les avances sans réaliser de profits.

Montesquieu s'est beaucoup intéressé aux idées de Law : il y revient souvent dans les *Pensées*, le *Spicilège* ou sa *Correspondance*. La relation de l'entretien de Venise, le 29 août 1728, se conclut sur ce jugement :

« C'est un homme captieux qui a du raisonnement, et dont toute la force est de tâcher de tourner votre réponse contre vous, en y trouvant quelque inconvénient ; d'ailleurs plus amoureux de ses idées que de son argent » (*Voyages*, O.C., I, p. 571-574).

L'*Esprit des lois* incriminera avant tout l'intervention violente de l'État pour tenter de freiner la faillite (perquisitions, interdiction de garder or ou argent, de fabriquer ou de porter des bijoux, rapatriement de fonds passés à l'étranger, etc.) :

« César défendit de garder chez soi plus de soixante sesterces [...]. Une même loi, faite en France, du temps du Système, fut très funeste : c'est que la circonstance où on la fit était affreuse. Après avoir ôté tous les moyens de placer son argent, on ôta même la ressource de le garder chez soi ; ce qui était égal à un enlèvement fait par violence. César fit sa loi pour que l'argent circulât parmi le peuple ; le ministre de France fit la sienne pour que l'argent fût mis dans une seule main. Le premier donna pour de l'argent des fonds de terre, ou des hypothèques sur des particuliers ; le second proposa pour de l'argent des effets qui n'avaient point de valeur, et qui n'en pouvaient avoir par leur nature, par la raison que sa loi obligeait de les prendre » (livre XXIX, 6).

et le bouleversement social, favorable au despotisme, induit par les spéculations :

« M. Law, par une ignorance égale de la constitution républicaine et de la monarchique, fut un des plus grands promoteurs du despotisme que l'on eût encore vus en Europe. Outre les changements qu'il fit, si brusques, si inusités, si inouïs, il voulait ôter les rangs intermédiaires, et anéantir les corps politiques : il dissolvait la monarchie par ses chimériques remboursements, et semblait vouloir racheter la constitution même » (livre II, 4).

III. REPÈRES LITTÉRAIRES

Cette question complexe en implique plusieurs autres : à quel *genre* appartient ce texte (correspondances fictives, évidemment, mais encore ? Galerie de portraits satiriques ? Chronique historique ? Journal de voyage, voire autobiographie déguisée ?) et à quels *modèles* est-il redevable ? Ce qui se subdivise en deux problèmes : « naissance et évolution d'un type littéraire » (l'observateur oriental) d'une part, « recherche d'un modèle probable », de l'autre (P.V., p. VII). Le premier aspect a été étudié, dans la littérature européenne, par G.-L. Van Roosbroeck[1] et par A.-S. Crisafulli[2].

L'OBSERVATEUR ORIENTAL :
LES *AMUSEMENTS SÉRIEUX ET COMIQUES*
DE DUFRESNY

Le Siamois que Dufresny fait voyager avec l'auteur des *Amusements sérieux et comiques* (1699) et qui écrit parfois des « lettres siamoises » en constitue un bon exemple : ses observations portent sur la vie quotidienne des Français et il est « frappé de certaines choses que les préjugés de l'habitude nous font paraître raisonnables et naturelles ».

Pour diversifier le stile de ma relation, tantôt je feray parler mon voyageur, tantôt je parleray moy-même : j'entreray dans les idées abstraites d'un Siamois ; je le feray entrer dans les nôtres : enfin, supposant que nous nous entendons tous deux à demy mot, je

Amusements sérieux et comiques, « Amusement Troisième », collection « Textes littéraires », University of Exeter, 1976, p. 9. Droits réservés.

---

1. *Persian Letters before Montesquieu*, 1932.
2. « L'observateur oriental avant les *Lettres persanes* », *Lettres romanes*, 1954.

donneray l'essort à mon imagination et à la sienne [...]. Je suppose donc que mon Siamois tombe des nuës, et qu'il se trouve dans le milieu de cette Cité vaste et tumultueuse, où le repos et le silence ont peine à régner pendant la nuit même ; d'abord le cahos bruyant de la ruë Saint Honoré l'étourdit et l'épouvante, la tête lui tourne.

Il voit une infinité de machines différentes que des hommes font mouvoir ; les uns sont dessus, les autres dedans, les autres derrière : ceux-cy portent, ceux-là sont portés ; l'un tire, l'autre pousse ; l'un frape, l'autre crie ; celui-cy s'enfuit, l'autre court après. Je demande à mon Siamois ce qu'il pense de ce spectacle : J'admire et je tremble, me répond-il ; j'admire que dans un espace si étroit, tant de machines et tant d'animaux dont les mouvements sont opposés, ou différents, soient ainsi agités sans se confondre ; se démêler d'un tel embaras, c'est un chef-d'œuvre de l'adresse des Français. Mais leur témérité me fait trembler, quand je vois qu'à travers tant de roues, de bêtes brutes et d'étourdis, ils courent sur des pierres glissantes et inégales, où le moindre faux pas les met en péril de mort.

Et voici le palais de justice :

Dans le milieu de Paris, s'élève un superbe édifice ouvert à tout le monde, et cependant presque fermé par l'affluence des gens qui s'empressent d'y entrer et d'en sortir.

On monte par plusieurs degrez dans une grande sale, où mon Siamois est étonné de voir dans un même lieu les hommes amusez d'un côté par des babioles, et de l'autre occupez par la crainte des Jugemens d'où dépendent toutes les destinées.

Dans cette boutique on vend un ruban ; dans l'autre boutique on vend une terre par décret : vous entendez à droite la voix argentine d'une jolie marchande, qui vous invite d'aller à elle ; et à

« Amusement Quatrième », *op. cit.*, p. 11.

gauche la voix rauque d'un huissier qui fait ses criées ; quel contraste !

Pendant que le Voyageur fait ses reflexions sur cette bizarrerie, il est épouvanté par la lugubre apparition d'une multitude de têtes noires et cornuës, qui forment en se réünissant un monstre épouventable, qu'on appelle Chicane ; et ce monstre mugit un langage si pernicieux, qu'un seul mot suffit pour désoler des familles entières.

À certaines heures réglées, il paroist un homme grave et intrépide, dont l'aspect seul fait trembler, et dompte ce monstre. Il n'y a point de jour qu'il n'arrache de sa gueule béante quelque succession à peine dévorée...

Sur le jeu du lansquenet :

Le Jeu est une espèce de succession ouverte à tout le monde ; j'y vis l'autre jour deux Gascons, héritier d'un Parisien, qui ne se seroit jamais avisé de les mettre sur son testament.

Le Lansquenet est une espèce de République mal policée, où tout le monde devient égal ; plus de subordination : le dernier de tous les hommes, l'argent à la main, vient prendre au-dessus d'un Duc et Pair, le rang que sa carte luy donne.

On bannit de ces lieux privilégiez, non seulement la subordination et le respect, mais encore toutes sortes d'égards, de compassion et d'humanité ; les cœurs y sont tellement durs et impitoyables, que ce qui fait la douleur de l'un y fait la joye de l'autre.

Les Grecs s'assembloient pour voir combatre des atlètes, c'est à dire pour voir des hommes s'entre-tuer : ils appelloient cela des Jeux ; quelle barbarie ! mais sommes-nous moins barbares, nous qui appelons un jeu l'assemblée du Lansquenet, ou pour user de l'expression des Joüeurs mêmes, on ne va que pour s'égorger l'un l'autre.

« Amusement Dixième », *op. cit.*, p. 31-32.

Un jour mon Voyageur entra inopinément dans un Lansquenet ; il fut bigearement frapé de ce spectacle : mettez-vous à la place d'un Siamois supersticieux, et qui n'a aucune connaissance de nos manières de joüer, vous conviendrez que son idée, toute abstraite et toute visionnaire qu'elle paroisse, a pourtant quelque rapport à la vérité : Voicy les propres termes d'une lettre qu'il en écrivit à son païs.

Fragment d'une lettre siamoise

Les Français disent qu'ils n'adorent qu'un seul Dieu, je n'en crois rien ; car outre les divinitez vivantes ausquelles on les voit offrir des vœux, ils en ont encore plusieurs autres inanimées, ausquelles ils sacrifient, comme je l'ay remarqué dans une de leurs assemblées où je suis entré par hasard.

On y voit un grand autel en rond, orné d'un tapis verd, éclairé dans le milieu, et entouré de plusieurs personnes assises comme nous le sommes dans nos sacrifices domestiques.

Dans le moment que j'y entray, l'un d'eux qui apparemment étoit le Sacrificateur, étendit sur l'autel les feüillets détachez d'un petit Livre qu'il tenait à la main : sur ces feüillets étoient représentées quelques figures ; ces figures étoient mal peintes : cependant ce devoit être les images de quelques divinitez ; car à mesure qu'on les distribuoit à la ronde, chacun des assistants y mettoit une offrande selon sa dévotion. J'observay que ces offrandes étoient bien plus considérables que celles qu'ils font dans leurs Temples particuliers.

Après la cérémonie dont je vous ay parlé, le Sacrificateur porte sa main en tremblant sur le reste de ce Livre, et demeure quelque temps saisi de crainte et sans action ; tous les autres attentifs à ce qu'il va faire, sont en suspens, et immobiles comme lui. Ensuite, à chaque feüillet qu'il retourne, ces assistants immobiles sont tour à tour agités différemment, selon l'esprit qui s'empare d'eux ; l'un loüe le Ciel en joignant les mains, l'autre regarde fixement son image en grinçant les dents, l'autre mord ses doigts et frappe des pieds contre terre ; tous enfin font des postures et des contorsions si extraordinaires, qu'ils ne semblent plus être des hommes. Mais à peine le Sacrificateur a-t-il retourné certain feüillet, qu'il entre lui-même en fureur, déchire le Livre et le dévore de rage, renverse l'autel, et maudit le sacrifice : on n'entend plus que plaintes, que gémissements, cris et imprécations, à les voir si transportez et si furieux, je jugeay que le Dieu qu'ils adorent, est un Dieu jaloux, qui pour les punir de ce qu'ils sacrifient à d'autres, leur envoye à chacun un mauvais Démon pour les posséder.

Voilà le jugement que peut faire un Siamois sur les emportements des Joüeurs : que n'auroit-il point pensé s'il se fût rencontré là des Joüeuses ?

Non, jamais l'amour n'a causé tant de désordre parmi les femmes, que la fureur du jeu. Comment peuvent-elles s'abandonner à une passion, qui altère leur esprit, leur santé, leur beauté, qui altère... que sçai-je moy ; mais ce tableau ne leur est point avantageux, tirons le rideau dessus.

L'ESPION TURC DE MARANA : LE MODÈLE ?

Mais le seul précédent digne d'être pris en considération, selon R. Shackleton[1], suivi par les critiques modernes, est *L'Espion turc*[2] (1684) de G. P. Marana, en six volumes,

1. *French Studies*, 1949. Pour l'inventaire exhaustif des rapprochements possibles avec les *Lettres persanes*, voir P. Toldo, « Dell' Espione di G.P. Marana e delle sue attinenze con *Lettres Persanes* del Montesquieu », *Giornale Storico della letteratura italiana*, 1897.
2. Ttre complet : « L'Espion du Grand Seigneur et ses relations secrètes envoyées au divan de Constantinople, découvert à Paris pendant le règne de Louis le Grand, traduit de l'arabe en italien et de l'italien en français par ***. » Sur les autres modèles, voir P.V., p. VII-XI.

dont les rééditions, augmentées, au nombre de treize en 1710, continuent encore en 1756 (neuf volumes). On n'a pas d'édition moderne du texte français. La préface annonce qu'« on y trouvera de la philosophie, de la morale, de l'histoire, de la politique et de la galanterie ».

Nous reproduisons ci-après quelques extraits de ce texte[1] dans l'édition de 1756.

Sur la découverte de Paris :

Je suis dans cette ville comme un homme perdu dans la confusion. C'est plutôt une province qu'une ville. C'est un bruit et un tintamarre continuel. Tout le monde cherche à s'occuper. Les hommes pour la plupart suivent la profession des armes, ou par mer ou par terre ; les femmes ne demeurent pas sans rien faire ; elles s'occupent de ce qui leur convient, les unes à la boutique, les autres à la cuisine. Elles se font voir plus volontiers que les nôtres, ou pour mieux dire, elles ont autant de soin de se montrer, que les nôtres en ont de se cacher.

[...]

Tout ce que je pourrais te dire de l'étendue de Paris n'approcherait pas de ce que tu en sais déjà. Cette ville me paraît grande et peuplée, mais Constantinople l'est plus encore.

[...]

Il ne faut pas espérer de trouver ici la même tranquillité qu'à Constantinople. L'embarras des carrosses, des chevaux, et des charrettes est si grand, qu'il surpasse l'imagination. Tu trouveras sans doute étrange que des gens qui se portent bien et qui n'ont point de mal aux jambes, se fassent traîner dans une machine à quatre roues : mais je suis bien plus surpris de voir que les mêmes gens puissent se résoudre à souffrir l'incommodité du bruit, et à faire une pareille dépense par vanité...

T. I, p. 25-26, lettre 6.

T. I, p. 37, lettre 9.

T. I, p. 43-44, lettre 11.

[...]
Pour dire la vérité, on peut appeler Paris un entassement de villes, bâties les unes sur les autres comme le mont Pélion sur le mont Ossa, puisque les maisons y sont aussi hautes que les minarets à Constantinople, et divisées, comme l'air, en appartements hauts, moyens et bas : ou, pour mieux dire, comme les Cieux, que les astronomes font monter à neuf. Autant d'étages ont certaines maisons de Paris, pour ne pas dire que toutes les rues sont exhaussées de cette manière ; et chaque étage ou appartement est aussi peuplé qu'une ruche d'abeilles. Au milieu de cette foule infinie d'habitants, et de ceux qui y viennent pour affaires, nous nous étouffons presque les uns les autres. Il n'en est pas de même, comme tu sais, des villes d'Orient, où les maisons sont entremêlées de jardins...

T. VI, p. 252, lettre 51.

Sur les scrupules religieux :

Au Moufti — Quand je verrais toutes les croix des Carthaginois ; quand les instruments des plus cruelles tortures que les ennemis de notre très sainte Religion peuvent inventer, seraient étalés à mes yeux pour mon supplice, je mourrai dans la vraie foi des Musulmans. Mais comme il n'est pas à présent question de mourir, mais de vivre pour servir mon Empereur, je te supplie, Souverain Prélat, d'avoir la bonté de rassurer mon innocence, ou de m'imposer une peine qui abolisse tous mes crimes.

Paris a toujours été le lieu de la résidence des rois de France ; de là vient que la Religion chrétienne est la seule qu'on y puisse professer. Ceux qui reconnaissent l'évêque de Rome pour leur chef, ont la principale part dans les affaires de la Religion ; et c'est eux qui observent les rites de l'Église latine avec plus d'exactitude.

T. I, p. 47-48, lettre 12.

Je vis ici, pour les dehors, comme si j'étais chrétien et catholique [...]. Je sais bien que s'il ne m'est pas permis de vivre de cette manière pour le bien des affaires de l'État et pour les intérêts du Grand Seigneur, je commets un sacrilège [...] que je viole la Loi qui m'est prescrite, et que par conséquent je mérite la mort, à moins que tu ne m'assures le salut et la vie, en approuvant le genre de vie que je suis obligé de suivre. Il est vrai que tu m'as déjà absous de tous les faux serments [...] pourvu que ce soit pour le service de mon Maître ; mais je ne sais si cette absolution est assez ample pour mettre ma conscience à couvert, si je suis forcé d'abuser des choses saintes.

C'est toi qui décides ce point, si capital pour mon repos, que j'en attends la décision avec impatience...

Sur les femmes et leur éducation :

Je sais que nos musulmans, graves et politiques, condamneront l'indulgence que les Français ont pour leurs femmes, et les accuseront de faiblesse de donner de pareils avantages [éducation] à ce sexe spirituel ; mais malgré la sévérité de notre Orient, je ne saurais désapprouver tout à fait la galanterie des Occidentaux. Si nous devons regarder nos femmes comme nos ennemies, il me semble qu'il y a de la lâcheté et de la bassesse à les désarmer de cette manière, et à ne pas leur accorder les mêmes armes dont nous nous servons. Mais si elles méritent d'être appelées nos amies, il y a de l'inhumanité et de la tyrannie de les priver d'une ingénieuse éducation [...]. Nous ne devons point appréhender de perdre l'empire que nous avons sur elles, en perfectionnant ainsi leurs avantages naturels, puisqu'on remarque que là où il y a plus de science, de sens et de connaissance, là il y a plus de modestie et de régularité de

T. II, p. 142-144, lettre 32.

mœurs. Je ne vois donc aucune raison pourquoi nous devrions ainsi nous faire peur des femmes et ne pas leur donner une aussi bonne éducation qu'à nous-mêmes.

Sur les femmes russes :

Les femmes russiennes ne se croient pas aimées de leurs maris, à moins qu'ils ne les battent tous les jours. Elles regardent cette correction comme une marque de l'estime et de l'affection que leurs époux ont pour elles. Si ces femmes simples sont fâchées ou chagrines, il n'y a point d'autre moyen de les mettre de bonne humeur que de les bâtonner. C'est là la seule preuve convaincante de l'empire des maris sur les femmes, une démonstration de leur virilité et le véritable moyen d'affermir les femmes dans l'amour et dans l'obéissance qu'elles doivent à leurs maris.

T. III, p. 297-298, lettre 63.

« Sur le salut des païens et des honnêtes gens de toutes les religions » :

J'ai souvent eu des conversations avec de savants dervis de cette communion sur le salut des païens ; mais il n'y a point de raisons capables de les faire revenir de leurs préjugés. Ils ne veulent pas seulement convenir qu'un seul des païens soit sauvé [...]. Pour moi qui ai été élevé dans la Religion mahométane, qui est plus paisible et plus désintéressée, je crois que dans toutes les Religions il y aura des gens sauvés et qu'au jour du Jugement il y aura une quatrième bannière sous laquelle se rendront ceux qui n'ont jamais entendu parler de Moïse, de Jésus, ou de Mahomet. Il est indubitablement vrai que le Tout-Puissant n'est pas malicieux, et qu'il ne damnera personne pour l'ignorance involontaire où ils ont été au sujet de ses lois révélées, pourvu qu'on ait suivi les préceptes de la Nature et de la raison,

T. III, p. 42-43, lettre 8.

qui sont les véritables marques de la vertu et de la Religion positive.

Sur l'éternité du monde :

Pour moi, je te dis franchement que comme Dieu est éternel, je crois aussi qu'on ne saurait marquer un temps où le monde n'ait point existé : car la matière résulte aussi naturellement de l'Essence divine, que la lumière émane du soleil.

[...]

Depuis que j'ai lu le journal de tes voyages en Orient, j'ai eu un violent désir de voir cette célèbre Nation, de converser avec les Brachmanes, et de pénétrer dans les mystères de leur sagesse inconnue, qui donne lieu à tant de discours [...]. J'y trouverais des arguments inconnus pour prouver l'éternité du monde ; arguments clairs et démonstratifs, qui établiraient ce dogme contre toutes les objections qu'on a faites, ou qu'on peut faire contre. L'idée que j'ai déjà de l'illimitée durée du monde, n'est fondée que sur mes conceptions naturelles et soutenue de l'opinion de divers philosophes anciens.

[...]

[Les Brachmanes] disent que la matière première est co-éternelle avec Dieu, comme la lumière est co-éternelle avec le soleil, qui a aussi été produit, et qui est dépendant de la même manière : car comme la lumière répandue dans l'air n'est pas proprement le soleil, mais en est un effet inséparable, de même l'univers n'est pas Dieu, mais la production de Dieu, production qui ne subsiste que par lui et qui ne sera jamais séparée de l'essence éternelle...

[...]

Je croyais autrefois, et j'ai tâché de le faire croire à tous mes amis, que non seulement la matière du monde est éternelle, mais que sa forme présente

T. V, p. 240, lettre 42.

T. VI, p. 180, lettre 36.

T. VI, p. 242, lettre 18.

T. VII, p. 395-397, lettre 60.

l'est aussi ; je crois maintenant tout le contraire sur des fondements plus raisonnables. Cette opinion n'est pas si parfaite que je l'ai crue ; chaque année de ma vie me convainc de la décadence du monde : il est manifeste qu'il décheoit ; par conséquent nous devons conclure qu'il est corruptible dans ses premiers principes, qu'il a eu un commencement et qu'il aura une fin.

Je ne crois point que le monde soit anéanti. Cette pensée fait horreur à la nature ; mais il sera changé, métamorphosé et transformé [...]. Je crois que la matière première ne changera point et qu'elle est éternelle, n'ayant ni commencement ni fin...

« Du progrès fait dans les sciences et de la différence entre la philosophie ancienne et moderne » :

Les progrès que l'on fait ici dans la connaissance de ces choses sont grands et surpassent toute croyance, ce qui vient du grand encouragement que le Roi donne à cette étude [astronomie]. Heureux Morat [savant oriental] quoique tu reçoives des instructions supérieures par la sublime Intelligence, tu n'es peut-être pas instruit de tout ceci...

T. IX, p. 70, lettre 9.

LE LABYRINTHE DES « SOURCES »

— Quelques repères stylistiques

Mais le caractère composite des *Lettres persanes* et la riche diversité des réflexions procédant de lectures déjà considérables à cette date orientent la recherche moins vers celle de « modèles » que vers celle des « sources ». On se reportera avec profit aux précieuses notes des éditions d'A. Adam et de P. Vernière, dont P. Malandain a mis en ordre les références dans le dossier de celle qu'il a procurée pour Presses Pocket (1989).

C'est un intertexte aux limites mal assignables qu'il faut envisager : philosophes antiques et modernes, historiens, juristes, théoriciens politiques et économiques, physiciens, géographes, moralistes, théoriciens de la civilité, etc. On réservera un statut privilégié aux relations de voyages en Orient, en particulier : *Relation du sérail du Grand Seigneur* (1675) et *Voyages en Turquie, en Perse et aux Indes* (1676) de Tavernier, *Voyage du chevalier Chardin en Perse et autres lieux de l'Asie* (1686) de Chardin, et à la littérature orientalisante : traductions et imitations.

Quant aux multiples repères par rapport auxquels situer une écriture qui, de façon générale, dans le sillage de Fontenelle et des Modernes, prélude à la nouvelle préciosité[1], on retiendra le ton tragique, objet probable de pastiche dans la lettre CLXI — « la lumière du jour n'est pas plus pure que le feu qui brûle dans le cœur de nos femmes » (lettre XLVIII, p. 136) parodie aussi manifestement Racine — ou, dans l'évocation des bons Troglodytes (lettre XII), la sérénité bucolique de Fénelon, décrivant, au VIIe livre des *Aventures de Télémaque*, la vie des habitants de la Bétique où subsistent « les délices de l'âge d'or » (Law, *alias* le fils d'Éole de la lettre CXLII, s'attaque à leur or).

> Ils vivent tous ensemble sans partager les terres. Chaque famille est gouvernée par son chef, qui en est le véritable roi. Le père de famille est en droit de punir chacun de ses enfants ou petits-enfants qui fait une mauvaise action. Mais, avant que de le punir, il prend les avis du reste de la famille. Ces punitions n'arrivent presque jamais ; car l'innocence des mœurs, la bonne foi, l'obéissance et l'horreur du vice habitent dans cette heureuse terre [...]. Il ne faut point de juges parmi eux, car leur propre conscience les juge. Tous les biens sont communs.

Fénelon, *Les aventures de Télémaque*, Folio, Gallimard, 1995, p. 156-157.

---

1. Voir L. Versini, *op. cit.*, p. 39 *sq*.

Les fruits des arbres, les légumes de la terre, le lait des troupeaux sont des richesses si abondantes, que des peuples si sobres et si modérés n'ont pas besoin de les partager. Chaque famille, errante dans ce beau pays, transporte ses tentes d'un lieu à un autre, quand elle a consumé les fruits et épuisé les pâturages de l'endroit où elle s'était mise. Ainsi, ils n'ont point d'intérêts à soutenir les uns contre les autres, et ils s'aiment tous d'une amour fraternelle que rien ne trouble. C'est le retranchement des vaines richesses et des plaisirs trompeurs qui leur conserve cette paix, cette union et cette liberté. Ils sont tous libres et égaux. On ne voit parmi eux aucune distinction que celle qui vient de l'expérience des sages vieillards ou de la sagesse extraordinaire de quelques jeunes hommes qui égalent les vieillards consommés en vertu. La fraude, la violence, le parjure, les procès, les guerres ne font jamais entendre leur voix cruelle et empestée dans ce pays chéri des dieux. Jamais le sang humain n'a rougi cette terre. À peine y voit-on couler celui des agneaux. Quand on parle à ces peuples de batailles sanglantes, des rapides conquêtes, des renversements d'États qu'on voit dans les autres nations, ils ne peuvent assez s'étonner.

IV. REPÈRES CRITIQUES. JALONS POUR UNE ÉTUDE DE LA RÉCEPTION DES *LETTRES PERSANES*

RÉCEPTION IMMÉDIATE.

La publication en Hollande a bénéficié des réseaux des réfugiés calvinistes d'Europe : libraires et revues littéraires.

Lettres historiques, 1721

Avant de préciser qu'il cite des « morceaux d'un livre nouveau » usant de la feinte de la traduction de correspondances orientales, le compte rendu joue à confondre les *Lettres persanes* avec des propos sur l'actualité : la « Constitution » en particulier.

Ces lettres sont les unes de caractère, les autres de sentiment, les autres de politique, et quelques-unes d'érudition [...]. Il y règne une charmante variété. Le style en est aisé, vif, naturel, toujours dans le caractère de ceux qui écrivent, quoique l'auteur les ait sauvées d'une infinité d'expressions sublimes, qui auraient ennuyé [...]. C'est un tour admirable pour dire mille vérités sous un personnage étranger. Deux de mes amis firent hier une gageure là-dessus : l'un voulait que ces lettres fussent toutes mystérieuses et l'autre prétendait qu'elles ne contenaient aucune allégorie.

Publiées chez J. Desbordres, mai 1721, t. LIX, p. 545 *sq*.

La lettre VIII pose des questions :

Contient-elle sous le voile de l'allégorie la retraite volontaire de quelque mécontent ? Mais à quoi sert après tout d'y chercher tant de finesse ? Il semble que le libraire ait été le premier à y en trouver, en mettant à Cologne, chez Pierre Marteau. Ce titre seul ferait soupçonner du mystère où il n'y en a point. Voici comment nos Persans parlent sans énigme et du feu Roi et du Pape.

Sont alors cités des extraits des lettres XXIV, XXIX, puis, plus loin, de la lettre CXXXVIII sur la farandole des ministres et le désastre financier, ainsi que la lettre CXXXIV qui stigmatise les controverses sur le sens de l'Écriture :

Qui le croirait que cette confusion naquît des sources mêmes de la lumière ! Que l'Écriture diversement interprétée pût causer tant de disputes entre les Chrétiens !

À propos des violences exercées contre les « mississippiens » pour leur faire prendre gorge — et récupérer du numéraire (voir la lettre CXII, p. 321-324), le périodique hollandais commente :

Nouvelle espèce d'Inquisition plus terrible que les Chambres de justice. Rien ne marque mieux la triste extrémité où le Royaume est plongé que ces moyens violents de réduire tous les sujets à un degré égal de misère. Encore si ces dépouilles qu'on veut enlever aux plus riches étaient partagées entre les plus nécessiteux..

Ibid., octobre 1721, t. LX, p. 421.

Journal littéraire de La Haye, 1722

Après avoir signalé le « roman » (fuite d'Usbek mais rien sur le sérail et sa révolte), la recension retient le contenu des « plus intéressantes » de ces lettres si variées (« morales, galantes, politiques, badines, métaphysiques ») qu'elle cite longuement :

▶ L'« histoire si belle » des Troglodytes — limitée aux séquences euphoriques. T. XI, 2, p. 446-464.
▶ Les lettres XXIV et XXX.
▶ La lettre XXXV (sur le salut des païens), « apologie de l'ignorance invincible » :

On voit assez où va cet argument. En voici un autre [c'est la lettre XLVI] qui ne prouve pas moins bien que la bonté et la vertu forment l'essence de la religion.

▶ Les lettres LIX, CXXIV, LXXIV.
▶ La lettre LXXXIII avec le commentaire suivant :

Ce que notre auteur dit de l'obligation où est l'être suprême d'observer les lois de la Justice, obligation qui lui est imposée par l'éminence de quelques-unes de ses perfections, est métaphysique à la vérité, mais (ce qui est rare) n'en a pas moins de justesse pour cela. T. XII, 2, p. 280-304.

▶ La « dissertation fort curieuse » sur la dépopulation (lettres CXII-CXXII).
▶ La lettre CXLII, avec le commentaire suivant :

Le rôle que le fameux Law a joué en France est si étonnant, la maladie épidémique qu'il a causée en ce royaume a passé avec tant de vitesse dans les pays voisins et a eu des symptômes si singuliers et des suites si funestes, qu'on ne saurait conserver avec trop de soin le portrait d'un homme qui a mieux connu que tous les casuistes ensemble, jusqu'où peut aller l'avarice, l'imbécillité et l'aveuglement de la nature humaine.

▶ La lettre CXLIII sur les talismans et « autres prestiges qui ne doivent leur origine qu'à la crédulité ou à la fourberie ».
▶ La lettre CXLVI, avec ce commentaire :

Un ministre d'État (et l'on peut appliquer la même vérité au Souverain) est le plus odieux de tous les êtres, quand il entre, dans la conduite qu'il tient envers les sujets, un mélange de fourberie et de mauvaise foi.

Mémoires historiques et critiques, 15 janvier 1722

Le journaliste (Camusat) voit dans *L'Espion turc* « l'original des *Lettres persanes* », à cela près que le premier ouvrage contient plus de « faits » et de « réflexions », le second, plus de « traits » et de « caractères » et que l'un, « gai et moral », est écrit simplement, alors que l'autre, écrit avec « affectation », s'efforce de paraître gai et moral ». Tous deux hasardent « ce que l'on peut dire de plus hardi » sur les sujets traités.

En résumé et pour être « sincère » :

Les *Lettres persanes* peuvent plaire par la variété des matières. On n'en a jamais tant rassemblé en deux petits volumes, et l'imagination trouvera sûrement de quoi s'égayer dans cette multiplicité d'objets. Les *Lettres persanes* peuvent encore plaire par la hardiesse des maximes, la singularité des idées, et le style, tantôt léger, tantôt profond. Malheureusement, quelques personnes croient que l'auteur a poussé trop loin ces vertus : des maximes hardies deviennent souvent dangereuses, les idées singulières sont quelquefois fausses, et il est à craindre de mettre trop de brillant et d'obscurité dans ce qu'on écrit, quand on court si fort après la légèreté et la profondeur.

Réf. p. 11-12.

L'éloge des portraits satiriques (lettres XLVIII, XXIV, LII, LXVIII, LVII) ou du ridicule jeté sur la « Constitution » (lettre XXIV) voisine en effet avec de sérieuses réserves : l'auteur « en veut aux savants de toutes les espèces », surtout aux journalistes ; trop de vivacité dans les propos sur les « affaires d'État » ; frivolité de ceux sur les tribunaux, le suicide, la religion.

[L'auteur] combat par les arguments les plus faibles la prescience de Dieu et la nécessité de la Grâce, car il est bon de remarquer qu'autant il affecte d'être honnête homme, autant il se montre indifférent sur la religion.

Le journaliste incrimine, sous l'anonymat qu'il estime facile à percer, l'auteur du *Système du cœur*, à savoir le « chanoine régulier », Gamaches ; identification que *Le Mercure de France*, en 1723 (t. VI, p. 546), a bien raison de dire trop hardie.

Marivaux, Le Spectateur français, 8ᵉ feuille

Avant que de finir cette feuille, je ne puis m'empêcher de dire un mot d'un livre que je lisais ce matin, et qui est intitulé les *Lettres persanes*, dont je n'ai encore lu que quelques-unes ; et par celles-là, je juge que l'auteur est un homme de beaucoup d'esprit ; mais entre les sujets hardis qu'il se choisit, et sur lesquels il me paraît le plus briller, le sujet qui réussit le mieux à l'ingénieuse vivacité de ses idées, c'est celui de la *Religion*, et des choses qui ont rapport à elle. Je voudrais qu'un esprit aussi fin que le sien eût senti qu'il n'y a pas un si grand mérite à donner du *joli* et du *neuf* sur de pareilles matières, et que tout homme, qui les traite avec quelque liberté, peut s'y montrer spirituel à peu de frais ; non que parmi les choses sur lesquelles il se donne un peu carrière, il n'y en ait d'excellentes en tout sens, et que même celles où il se joue le plus ne puissent recevoir une interprétation utile ; car enfin, dans tout cela, je ne vois qu'un homme d'esprit qui badine ; mais qui ne songe pas assez qu'en se jouant il engage quelquefois un peu trop la gravité respectable de ces matières : il faut là-dessus ménager l'esprit de l'homme qui tient faiblement à ses devoirs, et ne les croit presque plus nécessaires, dès qu'on les lui présente d'une façon peu sérieuse.

Marivaux, *Journaux et œuvres diverses*, Classiques Garnier, 1969, p. 153-154.

L'auteur, par exemple, blâme les lois de l'Europe contre ceux qui se tuent eux-mêmes ; il les appelle injustes et furieuses ; il veut qu'on laisse à l'homme le droit de sortir de la vie quand elle lui est à charge ; il dit que cet homme, en se défaisant, ne fait que changer les modifications de sa matière, et rendre carrée une boule que les lois de la création avaient fait ronde.

De l'air décisif dont il parle, on croirait presque qu'il est entré de moitié dans le secret de cette même création ; on croirait qu'il croit ce qu'il dit, pendant qu'il ne le dit que parce qu'il se plaît à produire une idée hardie.

Quoi qu'il en soit, je crois que j'achèverai son livre avec autant de plaisir que je l'ai commencé.

Réactions officielles

On peut s'étonner de leur ambiguïté : lorsque paraît ce texte en 1721, l'euphorie consécutive à la mort du vieux despote dévot est moins intense et c'est surtout le gouvernement du Régent qui y est mis en cause. Selon E. Mass (*Literatur und Zensur in der frühen Aufklärung*), les *Lettres persanes* n'ont pas été interdites par Dubois dès 1722, comme on l'a dit, mais « ignorées ».

Quant à l'Église, l'abbé Gaultier nous éclaire rétrospectivement sur son attitude, dans son pamphlet de 1751, *Les Lettres persanes convaincues d'impiété* :

Pourquoi les *Lettres persanes* depuis qu'elles ont paru n'ont-elles reçu aucune flétrissure ? Je ne puis l'attribuer qu'aux circonstances du temps dans lequel elles ont été publiées. Alors on ne pensait qu'à la bulle *Unigenitus*. À la faveur des troubles qui nous agitaient, les Impies ont écrit et on les a négligés.

JUSQU'À L'*ESPRIT DES LOIS*

Dès 1726, renaît en politique le « respect des idoles », avec « le principat du cardinal Fleury » (P.V. p. xxx), et l'auteur des *Lettres persanes* en a fait les frais[1] — sans trop de gravité toutefois : « On se fâchait autrefois, écrira-t-il en 1754, comme on se fâche aujourd'hui ; mais on savait mieux autrefois quand il fallait se fâcher » (p. 421).

Un politique éclairé, d'Argenson, a porté, après coup, en 1736, un jugement d'une sévérité nuancée, dans *Les loisirs d'un ministre, ou Essais dans le goût de Montagne*. Le portrait de Montesquieu qu'il brosse, entre ceux de Fontenelle et du président Hénault, montre bien comment, à cette date, les *Lettres persanes* sont le repère par rapport auquel se mesure le poids de cet auteur en vue : c'est depuis les *Lettres persanes* qu'on suppute les mérites du grand livre à venir.

Le Président de Montesquieu n'est pas si vieux que Fontenelle, et a bien autant d'esprit que lui, mais leurs genres ne se ressemblent pas [...]. Au fond, ces deux cœurs sont de la même trempe : Montesquieu ne se tourmente pour personne, il n'a point pour lui-même d'ambition ; il lit, il voyage, il amasse des connaissances, il écrit enfin, et le tout uniquement pour son plaisir. Comme il a infiniment d'esprit, il fait un usage charmant de ce qu'il sait ; mais il met plus d'esprit dans ses livres que dans sa conversation, parce qu'il ne cherche pas à briller et ne s'en donne pas la peine. Il a conservé l'accent gascon qu'il tient de son pays (Bordeaux), et trouve en quelque façon au-dessous de lui de s'en corriger. Il ne soigne point son style, qui est bien plus spirituel, et quelquefois même nerveux, qu'il n'est pur ; il ne s'attache point à mettre de méthode et de suite dans ses ouvrages, aussi sont-ils plus brillants

Liège, 1737, t. II, p. 62-65.

---

1. Voir *supra*, p. 127-128.

qu'instructifs. Il a conçu de bonne heure du goût pour un genre de philosophie hardie, qu'il a combiné avec la gaieté et la légèreté de l'esprit français, et qui a rendu ses Lettres Persanes un ouvrage vraiment charmant. Mais si, d'un côté, ce livre a produit de l'enthousiasme, de l'autre, il a occasionné des plaintes assez bien fondées : il y a des traits d'un genre qu'un homme d'esprit peut aisément concevoir, mais qu'un homme sage ne doit jamais se permettre de faire imprimer. Ce sont cependant ceux-là qui ont vraiment fait la fortune du livre et la gloire de l'Auteur. Il n'eût pas été de l'Académie, sans cet ouvrage qui aurait dû l'en exclure. Monsieur le Cardinal de Fleury, si sage d'ailleurs, a montré dans cette occasion une mollesse qui pourra avoir de grandes conséquences par la suite. Le Président a quitté sa charge, pour que sa non-résidence à Paris ne fût point un obstacle à ce qu'il fût reçu à l'Académie. Il a pris pour prétexte qu'il allait travailler à un grand ouvrage sur les Loix. Le Président Hénault en quittant la sienne avait donné la même raison. On a plaisanté sur ces Messieurs, en disant *qu'ils quittaient leur métier pour aller l'apprendre.*

Au fait, Montesquieu voulait voyager, pour faire des remarques philosophiques sur les hommes et les Nations. Déjà connu par ses Lettres Persanes, il a été reçu avec enthousiasme et empressement en Allemagne, en Angleterre, et même en Italie. Nous ne connaissons pas encore toute l'étendue de la récolte d'observations et réflexions qu'il a faites dans ces différents pays ; il n'a encore publié, depuis son retour, qu'un seul ouvrage, imprimé en 1734 : *Considérations sur les causes de la grandeur et de la décadence des Romains.* Il y paraît aussi spirituel, plus lumineux et plus réservé que dans les Lettres Persanes, la matière ne l'engageant pas dans les mêmes écarts. On prétend qu'il se prépare enfin à publier son grand ouvrage sur les Loix : j'en connais déjà quelques morceaux qui, soutenus par la réputation de l'Auteur, ne peuvent que l'augmenter ; mais je crains bien que l'ensemble n'y manque, et qu'il n'y ait plus de chapitres agréables à lire, plus d'idées ingénieuses et séduisantes, que de véritables et utiles instructions sur la façon dont on devrait rédiger les Loix et les entendre [...]. Nous n'avons point l'*Esprit des loix* et je doute fort que mon ami le Président de Montesquieu nous en donne un qui puisse servir de guide et de boussole à tous les législateurs du monde. Je lui connais tout l'esprit possible ; il a acquis les connaissances les plus vastes, tant dans ses voyages que dans ses retraites à la campagne ; mais je prédis encore une fois qu'il ne nous donnera pas le Livre qui nous manque, quoique l'on doive trouver dans celui qu'il nous prépare, beaucoup d'idées profondes, de pensées neuves, d'images frappantes, de saillies d'esprit et de génie et une multitude de faits curieux, dont l'application suppose plus de goût que d'étude.

Quant à l'Église, elle s'est réveillée et l'abbé Gaultier ne s'en laisse pas conter.

Les *Lettres persanes* sont connues de toute la France et peut-être de toute l'Europe. La manière dont elles sont écrites les a fait lire avec avidité. La critique [...] y est fine et délicate. Quand l'auteur veut jeter un ridicule sur des choses qui le méritent, il le fait avec esprit. Quand il peint des défauts ou des vices, il emporte la pièce. Mais ce qu'il y a de bon dans les *Lettres persanes* est un piège pour une infinité de lecteurs [...] à la suite d'une critique juste et sensée, on va trouver des principes d'impiété [...]. Le bon sert à prévenir en faveur de l'Auteur : on le lit sans défiance et l'on avale le poison sans s'en apercevoir [...]. Un autre artifice : l'Auteur fait parler le Persan [...]. Mais ceux qui ont quelque usage du monde ; ceux qui savent sous combien de formes l'impiété s'est masquée depuis trente ans pour pulluler et s'étendre, n'ont pas besoin qu'on leur dise que le Persan qui parle est un Français très connu qui met dans la bouche du Persan ce qu'il pense lui Français en matière de religion.

La lutte contre les « Impies » (l'*Esprit des lois* vient d'être mis à l'Index) doit continuer :

On sent aujourd'hui combien on leur a laissé prendre de terrain et l'on commence à en être alarmé. Si l'on a dessein de faire une censure des livres les plus dangereux que les Impies ont mis au jour, je prie que l'on n'oublie pas les *Lettres persanes*...

Les lectures de l'abbé Gaultier sont d'une grande perspicacité (voir les notes de l'édition Vernière).

APRÈS 1750

Les *Lettres persanes* se lisent désormais depuis l'*Esprit des lois*, avec des résultats contradictoires : soit elles préludent aux Lumières, soit elles sont indignes du grand traité. Grimm, dans la *Correspondance littéraire* (1753), en parle en ces termes : « Ce livre rempli de philosophie, de lumières, de vues vastes et profondes[1]... »

La notice nécrologique des plus élogieuses que l'*Année littéraire* (1755) consacre à Montesquieu se termine par une *Épitaphe*, envoyée par M. de Bonneval ; la strophe troisième et dernière est la suivante :

Sur ses Lettres ingénieuses
Où règne trop de liberté
Je jette sans causticité
Quelques gouttes officieuses
Des eaux du fleuve du Léthé.

T. I, p. 278 sq.

---

1. Garnier, 1877, t. II, p. 245.

Cette métaphore désobligeante appelle une note en bas de page de Fréron :

J'applaudis à cette expression de M. de Bonneval : elle me paraît très heureuse et très poétique. Mais il me permettra de penser qu'elle n'est pas ici à sa place. Parler du fleuve d'oubli à l'occasion des *Lettres persanes*, l'un des ouvrages les plus agréables et les plus philosophiques qui aient paru depuis quarante ans ! Je suis persuadé que cet écrit est fait pour l'immortalité. Une chose que j'ai oublié de vous dire, Monsieur, c'est que si vous lisez avec attention les *Lettres persanes*, vous y trouverez, ainsi que dans les *Considérations sur les Romains*, le germe du grand ouvrage de l'*Esprit des lois*.

Ibid., p. 285.

Voici ce que dit Diderot :

Citez-moi, je vous prie, un de ces ouvrages dangereux, proscrits, qui imprimé clandestinement chez l'étranger ou dans le royaume n'ait été en moins de quatre mois aussi commun qu'un livre privilégié ? Quel livre plus contraire aux bonnes mœurs, à la religion, aux idées reçues de philosophie et d'administration, en un mot à tous les préjugés vulgaires et par conséquent plus dangereux, que les *Lettres persanes* ? Que nous reste-t-il à faire de pis ? Cependant il y a cent éditions des *Lettres persanes*, et il n'y a pas un écolier des Quatre-Nations qui n'en trouve un exemplaire sur le quai pour ses douze sols.

« Lettre historique et politique sur le commerce de la librairie » (1763), in *Œuvres complètes*, Club français du livre, 1970, t. V, p. 366.

Pour d'autres, en revanche, les *Lettres persanes* « ne sont qu'un recueil de pensées hardies, mordantes et caustiques, présentées sans liaison, sans unité de sujet et sans ordre... » (abbé Denina, cité par le *Journal de Trévoux*, décembre 1767).

Les « imitations » pullulent, ce que Grimm déplore :

Monsieur le Président de Montesquieu nous a donné les *Lettres persanes* ; ce livre [...] a engendré une multitudes de lettres turques, juives, arabes, iroquoises, sauvages, etc. qui n'ont aucun des avantages ni des agréments de leur original. Les petits écrivains ont cru que, pour être à côté de l'illustre président, il n'y avait qu'à faire voyager un Turc ou un Iroquois en France, lui faire écrire des lettres à ses amis dans son pays, et les dater à l'orientale.

Correspondance littéraire, op. cit.

J. Goldzink a dressé une liste des titres les plus significatifs, de 1730 à 1794 (Gold. 2, 105-106).

Ajoutons-y des *Letters from an Armenian in Ireland to his friends in Trebizonde* (1756) d'un anonyme anglais.

Soulignons le cas de l'imitation anglaise par Lyttleton (1735), traduite en français dès 1736 (réed. 1770). La *Bibliothèque raisonnée* recense l'ouvrage en juillet-septembre 1735 (t. XV, 2, p. 286-307) et signale comme « morceau curieux » une suite de treize lettres à l'histoire des Troglodytes : comment « les hommes sont devenus plus méchants et plus malheureux, sous un gouvernement politique, qu'ils ne l'étaient dans l'état de nature tout pur ».

Cette séquence connaît en effet un succès tel qu'isolée de l'ensemble, elle a pu prendre la forme d'une comédie en cinq actes, de Couret de Villeneuve, en 1770.

Tous ces écrits simplifient le dispositif complexe des *Lettres persanes* au profit des pôles idéologique, d'une part, romanesque, de l'autre ; si Montesquieu s'est moqué en 1754 des libraires quémandant des « suites », il a revendiqué le rôle d'initiateur des « romans en lettres » ; mais l'unité complexe de cet ensemble singulier reste inimitable.

De la « chaîne secrète », la critique du XVIII° siècle se soucie peu, même si elle ne traite pas le « roman » de hors-d'œuvre.

Marat a prêté attention à ce dernier, dans l'excellent *Éloge de Montesquieu* (Libourne, 1883), présenté en 1785 à un concours ouvert par l'Académie de Bordeaux :

163

Montesquieu cultivait en silence les Muses [...]. Ce ne fut qu'à trente-deux ans qu'il mit au jour les *Lettres persanes*, espèce de roman philosophique où la peinture des mœurs orientales sert de cadre à une satire très fine des mœurs européennes. À côté de ces morceaux légers où l'esprit se joue, on est surpris de trouver des morceaux d'une philosophie profonde, et des discussions importantes sur différents points d'histoire, de morale, de politique, amenées avec art pour varier la scène.

La trame de ce roman est aussi simple que bien ourdie. Deux Persans, sous les noms de Rica et d'Usbec [*sic*], voyagent en Europe pour s'instruire ; et durant leur long séjour en France, ils entretiennent une correspondance soutenue ; l'un avec quelques amis, quelques dervis, les principales femmes et les premiers eunuques de son sérail ; l'autre avec quelques amis et quelques dervis seulement. Le choix des personnages est relatif aux matières que l'auteur avait à traiter ; et à l'aide de ce simple rapport ils se trouvent tous placés dans une chaîne qui les lie. Des nouvelles qu'ils se donnent, et de l'épanchement de leurs cœurs dans ce commerce intime de l'amitié, de la nécessité ou du devoir, résulte un tableau enchanteur aussi amusant qu'instructif.

On y voit la diverse destinée des sexes en Orient, l'empire tyrannique de l'un, la cruelle servitude de l'autre. On y voit ces tristes demeures où gémissent les beautés captives destinées aux fantaisies d'un maître superbe ; ces lieux où la méchanceté et l'artifice règnent dans le silence et se couvrent d'une épaisse nuit.

On y voit les malheureuses victimes d'une froide jalousie prodiguer leurs soins empressés pour réveiller un amour languissant, toujours prévenu et bientôt détruit par lui-même. Les tourments qu'elles endurent à leur tour par l'ardeur d'une passion si souvent enflammée, si rarement satisfaite ; les sombres accès de l'envie qui dévore les rivales ; l'affreux désespoir des misérables gardiens de la chasteté sans cesse irrité par le sentiment même de leur impuissance ; le choc violent de tant d'intérêts divers, de tant de passions opposées ; tout y est peint avec énergie. De ce choc devait nécessairement naître le désordre. Il éclôt dès que nos Persans ont quitté le sérail, bientôt il s'accroît chaque jour, enfin il est à son comble. Pour rétablir la règle, des ordres sanguinaires arrivent, les grilles sont multipliées, les châtiments sont redoublés, le sang coule de toute part. Que d'infortunés pour faire un heureux ! À la vue de tant de victimes lâchement sacrifiées, la raison se révolte et le lecteur indigné du différent partage des humains, maudit en frémissant les caprices de la fortune et les arrêts du sort.

Ici finit la partie purement fictive de l'ouvrage, ou plutôt sa partie accessoire ; venons à sa partie principale...

Marat fait un sort au conte d'Anaïs (lettre CXLI) :

Quelle gaieté dans ce conte oriental sur les plaisirs de l'autre vie où il venge le sexe des prétentions injurieuses des hommes, et des soins qu'ils ont pris pour le dégrader !

Mais aussi aux lettres sur la dépopulation :

Quelles vues profondes dans celles où il déduit les causes du dépeuplement actuel de la terre !

Quant à l'auteur, « jamais il ne perd son plan de vue » et Marat fait également un sort à sa « gaieté », « caractère inimitable d'originalité » :

La gaieté de l'auteur avait moins sa source dans un heureux tempérament que dans ce coup d'œil rapide qui pénètre les cœurs et en éclaire les replis les plus cachés ; dans ce coup d'œil ferme qui embrasse à la fois une multitude de rapports, toujours si nécessaire pour apprécier les choses à leur juste valeur ; fixer sans être ébloui le faux éclat de la pompe, du faste, de la puissance ; juger les hommes et faire ressortir leurs vices, leurs défauts, leurs ridicules. Il eût été caustique, si un sage pouvait l'être : mais s'il connaît les imperfections de l'humaine nature, il connaît aussi sa fragilité. Censeur indulgent, chez lui la satire amère se tourne en douce ironie.

Il en analyse admirablement la force subversive dans la lettre CXXIV, qui annonce la « Très humble remontrance aux Inquisiteurs d'Espagne et du Portugal » ou le chapitre sur l'esclavage des nègres (*Esprit des lois*, XXV, 13 et XV, 5) :

[L'auteur] savait que la manière la plus sûre de faire sentir l'odieux d'un injuste empire est de montrer le ridicule des raisons dont on l'étaye. Avec ce rire amer que vous condamnez stupidement, voyez comme il arrache tout prétexte à notre tyrannie. Eh ! Quel homme sensé oserait encore la justifier.

LE RENOUVEAU CRITIQUE CONTEMPORAIN

Il a consisté à prendre en compte le « roman » pour éclairer la « chaîne », depuis l'article fondateur de Roger Laufer (1961), repris dans *Style rococo, style des Lumières* (1963).

[...] Montesquieu a réussi, par l'emploi de procédés indirects et variés, de rappels et d'oppositions (dont la finesse révèle une création appuyée sur l'expérience vécue, — confirmant ainsi la thèse de P. Barrière), à forger la « chaîne » de son roman et à la tenir « secrète », incertaine même, jusqu'à la der-

R. Laufer, *Style rococo, style des Lumières*, *op. cit.*, p. 70-71. Droits réservés.

nière lettre du recueil. C'est dire aussi que la signification profonde du roman n'est pleinement révélée au lecteur qu'au dénouement : les révélations de Roxane en accablant son philosophe de mari restituent à la vie d'Usbek une unité tragique. Seule objection possible à cette interprétation : l'importance des dissertations. Mais cette objection, que nous avons déjà examinée, tombe, car, outre leur bien-fondé psychologique et thématique (exemple : dépopulation, sérail), les dissertations restent en fait toujours nerveuses et rapides : il suffit de les relire pour s'en convaincre. De plus, leur abstraction reflète le temps suspendu des années de voyages et d'études. Ainsi, la « chaîne », c'est-à-dire le roman, n'est pas brisée : les *Lettres* retracent un destin individuel qui s'achève dans le sang (des autres).

Usbek, héros tragi-comique. — Parce que la confrontation de l'Orient et de l'Occident est vécue par le héros qui sort déchiré de son aventure, les *Lettres persanes* ne sont pas un traité, mais un magnifique roman. Dans ce roman plus que dans les pièces sanglantes de Crébillon le père ou du jeune Voltaire, se reflète la tragédie de l'époque. Les *Lettres* sont la première expression littéraire de la contradiction qui a tourmenté tous les philosophes du XVIIIe, la contradiction entre la sensibilité et la raison, entre la tradition et le progrès. Sous la Régence, sans doute, on réussit presque à se cacher à soi-même cette contradiction : on croit à la galanterie. Nous rejoignons ici l'ambiguïté de l'œuvre, dont nous avons parlé plus tôt, et qui provient en dernière analyse de l'emploi même du modèle imaginaire qu'est le sérail : univers concentrationnaire si l'on est convaincu de sa réalité, univers magique de l'opéra si l'on y voit un décor de carton-pâte. Le lecteur peut s'il le veut refermer le livre avec un sourire : il est en 1721... Grâce à la fantaisie, à l'exotisme et aux inclinations particulières d'Usbek, homme de cabinet, le lecteur peut ne pas se sentir concerné : comme la critique religieuse, morale et sociale, la tragédie peut être esquivée.

Pourtant, le personnage d'Usbek est une admirable création et l'on s'étonne que certains jugent la psychologie de Montesquieu un peu courte. Ou plutôt, le mérite de Montesquieu est d'avoir dépassé la psychologie du caractère en s'élevant à la représentation d'un moment de la dialectique objective de l'esprit. Usbek a la bonne conscience du philosophe des Lumières qui élude le problème d'une action révolutionnaire grâce au mythe d'une raison universelle et intemporelle. Pourtant le ver de la mauvaise foi ronge sa philosophie qui hésite entre le règne de la raison et le règne de l'ordre. Or, cette mauvaise foi « secrète » éclate dans les rapports humains concrets, alors que dans sa réflexion le philosophe pouvait les manipuler à sa convenance. Aux concepts creux de la vertu républicaine, aristocratique ou monarchique, Roxane oppose victorieusement la vertu concrète de l'esclave qui recouvre sa liberté et sa dignité dans la mort : « J'ai réformé tes loix sur celles de la nature. » Nouvel Œdipe, Usbek reconnaîtrait enfin sa mauvaise foi et sa misère, condamnerait la contradiction de ses pensées et de ses actes. Dans un monde régi par des lois naturelles, il parviendrait soit à une conscience déchirée s'il se découvrait incapable de le transformer, soit à une praxis révolutionnaire (en supprimant son propre sérail, par exemple). Mais le livre s'arrête brusquement. Montesquieu n'a pas osé, ou pu, tirer la leçon de son expérience. Usbek se tait, Usbek n'a probablement pas compris. Usbek n'est pas Œdipe. Il n'a vécu qu'un mélodrame. [...]

J. Starobinski, dans *Montesquieu par lui-même*, est revenu sur cette contradiction interne au tyran du sérail, qui « exerce par ailleurs, souverainement, la liberté de l'intelligence » :

« Faut-il ici accuser Montesquieu d'avoir mal ajusté les deux parties de son ouvrage et d'avoir articulé tant bien que mal — pour le délassement du lecteur — la fiction orientale un peu licencieuse et l'examen plus sérieux de quelques grands problèmes ? La contradiction vaut pourtant qu'on y prenne garde. Elle symbolise en effet la contradiction que comporte toute intelligence « détachée », toute « pensée libre » qui s'ébat au-dessus de l'ordre tyrannique du monde, mais en s'abstenant d'y rien toucher. Par son abstention, elle laisse aux tyrans les mains libres, et se fait plutôt leur historiographe que leur ennemie. Le lecteur des *Lettres persanes* ne peut s'empêcher de supposer, de la part de Montesquieu, quelque plaisir complice à être spectateur des événements du harem — bains, déshabillages, fessées, larmes, etc. Le regard indiscret sur les mystères du harem est la contrepartie du regard libre sur la civilisation française. Les images « voluptueuses » sont décrites avec trop de complaisance pour ne pas correspondre aux convoitises imaginaires de Montesquieu. Or cette rêverie érotique commence par refuser la liberté à autrui, la femme y est traitée en simple objet [...]. Le libertinage, qui s'est affranchi de toute crainte et qui n'est plus dupe d'aucun préjugé, ne voit plus rien qui l'empêche d'asservir les autres à ses plaisirs. Il s'est libéré en se *désabusant* lui-même, mais sans chercher à libérer les autres [...]. La tendance au libertinage est plus qu'indiquée dans les *Lettres persanes*. Mais ce n'est là qu'une tentation momentanée [...]. Au reste, la crise finale des *Lettres persanes* vient démontrer le caractère insoutenable de la tyrannie du plaisir. Les forces de révolte accumulées se déchaînent. La grande idée de Nature vient à leur secours, et déjà apparaît l'alternative violente de *la liberté ou la mort* qui entraînera les hommes de la Révolution. Montesquieu, ici, a cessé d'être le complice d'Usbek. En

Montesquieu par lui-même, Seuil, 1953, p. 67-69.

définitive, le livre aboutit, sur le plan érotique, à la lutte ouverte du maître et de l'esclave, et à la défaite du maître : la puissance du maître despotique s'évanouit, dès l'instant où l'esclave se soustrait à son autorité par la révolte et la mort. L'esclave a découvert la révolte, et, dès lors, il détient une liberté que nul ne peut lui enlever.

Ce moment de la liberté négatrice est aussitôt dépassé par Montesquieu. Nous n'en avons développé les différents aspects que pour mieux pouvoir montrer, par la suite, combien d'arguments Montesquieu va lui opposer, et quelles métamorphoses l'idée de liberté va subir. Dans les *Lettres persanes*, ce dépassement est déjà réalisé ; l'essentiel n'est ni le spectacle du despotisme polygame, ni les jeux de l'intelligence désabusée : le livre recèle, sous l'enveloppe romanesque et satirique, un centre et un noyau positifs, un enseignement sur la justice.

Dans cette direction, J. Ehrard a proposé la première lecture politique solide des *Lettres persanes*. En voici la conclusion :

Les *Lettres persanes* ne sont pas un traité ou une dissertation arbitrairement morcelés, mais l'expression romanesque d'une prise de conscience politique. La perspective temporelle que la chronologie fictive des lettres impose au lecteur présente en effet un triple avantage. D'une part, éclairant à chaque fois les idées par l'histoire et l'histoire par les idées, elle donne un sens à l'anecdote et au raisonnement un poids de réalité : des liens se tissent ainsi entre des lettres qu'une analyse méthodique eût classées en séries hétérogènes et l'on s'aperçoit qu'une lettre signifie souvent autant par sa date et sa place que par son contenu. D'autre part la fragmentation d'un exposé qui s'enrichit et se nuance au fil des pages sollicite la participation active du lecteur et lui interdit de se reposer dans la

J. Ehrard, *L'invention littéraire au XVIIIe siècle : fictions, idées, société*, PUF, 1997, p. 31-32.

tranquillité des certitudes acquises, renforçant ainsi l'effet produit par la pluralité des correspondants. Et enfin, malgré cette diversité, l'existence d'un personnage privilégié invite à partager ses espérances et ses enthousiasmes, ses colères et ses inquiétudes.

Il est vrai que le dernier mot n'appartient pas à Usbek mais à Roxane et que la vérité romanesque rompt, en fin de recueil, avec la succession chronologique. Comme l'a excellemment montré Roger Laufer, le regroupement des lettres consacrées à la crise du sérail en fin de volume n'est pas un artifice gratuit : il souligne la contradiction intime d'Usbek, à la fois philosophe et despote, l'écart entre ses idées et son comportement. Mais la lettre ultime de Roxane lui donne raison contre lui-même : n'est-ce pas lui qui prêchait naguère la légitimité du suicide et montrait aux despotes la précarité de leur pouvoir ? Usbek se tait mais la révolte de Roxane répond au cri de colère de la lettre CXLVI. On n'a peut-être pas suffisamment remarqué que pour Usbek les deux lettres CXLVI et CLXI sont contemporaines : c'est en novembre 1720 qu'il écrit l'une et reçoit l'autre. Ainsi l'effondrement de l'« ordre » oriental fait pendant à la faillite du Système ; les fausses valeurs de l'orient et de l'occident sont simultanément discréditées. Montesquieu-Usbek garde le silence mais le « suicide héroïque » de Montesquieu-Roxane parle à sa place. Le geste de Roxane est un refus sans appel de l'ordre établi et du conformisme social. Peu importe après une telle rupture que l'auteur abandonne son héros à un sort énigmatique : celui-ci mettra-t-il d'accord sa pensée et ses actes en affranchissant ses esclaves ? La vraisemblance historique s'y oppose mais la vraisemblance morale ne permet pas d'imaginer Usbek, l'inquiet Usbek, revenu à Ispahan et définitivement fixé parmi ses femmes comme si rien ne s'était passé. Montesquieu n'a pas voulu pour lui de ce destin médiocre.

À la vérité était-il en mesure de lui inventer un avenir ? Reniement ou révolution étant également exclus, restait la solution de ne pas conclure. C'est pourquoi les *Lettres persanes* se terminent sur un grand point d'interrogation. Et, quoi qu'en dise R. Laufer, après ce bilan lucide d'un monde en crise Montesquieu ne fermera pas les yeux. De plus en plus soucieux de comprendre un univers déconcertant mais aussi de l'améliorer, il n'abdiquera jamais ni l'acuité du regard ni la générosité de la raison : tel « l'homme d'esprit » dont parlait Usbek, « porté à la critique, parce qu'il voit plus de choses qu'un autre et les sent mieux » (lettre CXLV).

D'un point de vue plus général, G. Benrekassa, après avoir rappelé comment Valéry a

traduit de façon incomparable l'articulation entre liberté de l'esprit, indépendance et même gratuité aristocratique et contestation politique, au moment où s'amorce à peine une lutte philosophique qui n'existe pas encore *socialement* comme telle, alors que ses bases intellectuelles sont là et que les prémices de la destruction d'un monde se peuvent distinguer clairement [...]

Ben. 3, p. 42.

souligne que l'auteur de cette célèbre préface aux *Lettres persanes*

nous oriente vers l'essentiel : un jeu subtil et mesuré entre l'ordre et le désordre, qui nous donne peut-être, dans un texte complexe et rhapsodique qui met à profit toutes les ressources de l'échange épistolaire dans une subtile mobilité des figures, un fil conducteur ; à ceci près qu'il n'y a guère de texte moins didactique, s'il est parfois savant, ni d'œuvre plus secrètement désorientante, même si elle ne cesse de nous ramener à la quête des vraies valeurs. Comment concevoir alors un ordre didac-

Ibid.

tique, ou dialectique, dans lequel on puisse exposer la matière des *Lettres persanes*, qui sont d'abord une manière ?

Selon J. Goldzink :

La force et l'originalité des *Lettres persanes* tiennent dans l'invention de la polyphonie épistolaire datée, dans l'imbrication d'une intrigue passionnelle, d'une revue satirique, d'une réflexion philosophique et politique, dynamisées et orientées par une dramatisation temporelle et la confrontation de deux civilisations sous un regard exotique.

Gold. 2, p. 106.

V. REPÈRES BIBLIOGRAPHIQUES

ÉDITIONS

Sur l'histoire du texte et ce que pensait Montesquieu des éditions antérieures à 1754, voir l'édition Folio (p. 413-414 et 419-420). La deuxième publication de 1721 met en question le statut de la première, laquelle serait le remaniement d'un premier état du texte, base aussi de la seconde. Voir la contribution d'E. Mass à la journée consacrée à Montesquieu par l'Association internationale des études françaises, publiée dans le n° 35 des *Cahiers* de cette association, reprise et développée dans *Literatur und Zensur in der frühen Aufklärung. Production, Distribution und Rezeption der « Lettres persanes »* (Francfort-sur-le-Main, 1981).

Depuis A. Adam (Droz, 1954), c'est sur le texte de 1758, en l'absence de manuscrit connu, que se fondent les éditions. Il présente des variantes d'ordre stylistique et rétablit les audaces de jeunesse du texte originel, sans tenir compte des scrupules d'un vieil homme, assiégé jusque sur son lit de mort par les Jésuites. Voir le fragment d'une lettre adressée à Suard par Mme Dupré de Saint-Maur, reproduite par J. Starobinski dans *Montesquieu par lui-même* (*op. cit.*, p. 183). Ces scrupules sont attestés par les ratures du « grand cahier de corrections » qu'ont suivi Barckhausen, Carcassonne et encore R. Caillois, dans l'édition des *Œuvres complètes* de la Bibliothèque de la Pléiade (1949).

Sur les éditions critiques des *Lettres persanes* ou celles des *Œuvres complètes* de Montesquieu, antérieures à l'édition Folio, voir cette dernière (p. 414-415). Signalons, pour ne retenir que l'essentiel, l'édition des *Lettres persanes* procurée par L. Versini (Imprimerie nationale, 1987) et celle des *Œuvres complètes*, en préparation sous l'égide de la Société Montesquieu.

On trouvera également dans l'édition Folio (p. 381-396) plusieurs morceaux non intégrés au texte définitif. Il y en avait une quarantaine, d'après un ancien secrétaire de Montesquieu. Dix (ou onze, selon le découpage d'A. Masson) font partie des *Pensées*, sous le titre de « Fragments de divers matériaux des *Lettres persanes* ». Montesquieu dit avoir « jeté » ou « mis ailleurs » les autres ; peut-être dans ce « portefeuille » d'où on en a retiré cinq autres ; peut-être aussi dans ses autres ouvrages : il précise, à propos d'une lettre d'eunuque, écartée en tant que redite, qu'il la conserve « à cause de certains fragments, écrit-il, que j'en pourrai peut-être tirer » (p. 452), comme d'une espèce de réserve.

N'était-ce pas ainsi que l'introduction de 1721 présentait le recueil ? Enfant peut-être pas tellement « abandonné » que ce livre, objet de corrections consignées dans les *Cahiers* (depuis quand ?), grossi d'ajouts issus d'un « portefeuille », d'où sont sorties aussi les huit lettres inédites publiées dans *Le Fantasque* en 1745 par Thémiseul de Saint-Hyacinthe (voir p. 396-400 et P.V., p. 350-357).

OUVRAGES GÉNÉRAUX SUR MONTESQUIEU ET ÉTUDES SUR LES *LETTRES PERSANES*

On complétera la bibliographie de l'édition Folio (p. 415-418) qui date de 1973, par les indications et les principaux titres suivants :

J.-M. Goulemot, « Montesquieu : du suicide légitimé à l'apologie du suicide héroïque », *Gilbert Romme et son temps*, Actes du colloque Romme, Clermont-Ferrand, De Bussac, 1966.

—, « Questions sur la signification politique des *Lettres persanes* », *Approches des Lumières*, Mélanges J. Fabre, Klincksieck, 1974.

R. Ouellet et H. Vachon, *Lettres persanes*, Poche-Critique, Hachette, 1976.

G. Benrekassa, « Le Parcours idéologique des *Lettres persanes* : figures de la socialité et discours politique », *Europe*, février 1977. Repris dans *Le Concentrique et l'excentrique*, Payot, 1980.

M. Delon, « Un monde d'eunuques », *Europe*, février 1977.

L'ouvrage capital de R. Shackleton, *Montesquieu : a Critical Biography*, est accessible en traduction française depuis 1977 (Presses universitaires de Grenoble).

J.-P. Schneider, « Les jeux du sens dans les *Lettres persanes*, temps du roman et temps de l'histoire », *Études sur le XVIIIe siècle*, collection « Textes et documents », Société française d'étude du XVIIIe siècle, 1983.

J. Dagen, « La chaîne des raisons dans les *Lettres persanes* », *Littératures*, septembre 1987.

G. Benrekassa, *Montesquieu, la liberté et l'histoire*, Livre de poche, Biblio-Essais, 1987.

J. Goldzink, *La Politique dans les « Lettres persanes ». Théâtre de l'idéologie, scène de la fiction*, ouvrage hors collection des Cahiers de Fontenay, Presses de l'ENS, 1988.

—, *Charles-Louis de Montesquieu, « Lettres persanes »*, Études littéraires, PUF, 1989.

J.-M. Goulemot, « Vision du devenir historique et formes de la révolution dans les *Lettres persanes* », *Dix-huitième siècle*, n° 21, 1989.

—, « Bonheur et désenchantement dans les *Lettres persanes* », in *La quête du bonheur et l'expression de la douleur dans la littérature et la pensée françaises*, Mélanges Corroda Rosso, Droz, 1995.

L'étude de J. Ehrard sur la signification politique des *Lettres persanes* a été reprise dans le recueil intitulé *L'Invention littéraire au XVIIIe siècle : fictions, idées, société*, PUF, 1997.

C. Spector, *Montesquieu, les* Lettres persanes. *De l'anthropologie à la politique*, PUF, 1997.

Enfin, sur les *Lettres persanes* et l'Orient, on rappellera :
P. Martino, *L'Orient dans la littérature française*, Hachette, 1906.
M.-L. Dufrénoy, *L'Orient romanesque en France*, Montréal, 1946.
Ch. Dédeyan, *Montesquieu ou l'alibi persan*, SEDES, 1988.
A. Grosrichard, *Structure du sérail. La fiction du despotisme asiatique dans l'Occident classique*, Seuil, 1979.

TABLE

ESSAI

13 INTRODUCTION

Un auteur qui « boite » dès qu'on le « regarde » – Genèse ? – Un tout organique.

18 I. LE « ROMAN » : D'UNE « CHAÎNE », L'AUTRE

La première chaîne – Le savoir et la fureur – Le roman du sérail – Chronologie romanesque – Dysfonctionnements bénins – Les lettres persanes – Perturbations – Le comble du désordre – Une composition ? La deuxième chaîne.

33 II. LA SATIRE

« Personnalités » et caractères – Types et institutions – Vers les « grands sujets » – Satire et politique – La satire introuvable – Désordre ou politique ?

46 III. LES *LETTRES PERSANES*, UN TEXTE POLITIQUE ?

Structure du pouvoir – Logique du despotisme – Une fatalité ? – Figures de souverains – Un geste politique ? – L'opposition nobiliaire – Montesquieu libéral ? – Pour une monarchie rénovée – La véritable aristocratie – Une science sociale et politique ? – Ces bizarres Anglais... – Pragmatisme et éthique – Les leçons de l'Histoire ?

66   **IV. LES *LETTRES PERSANES*, RÉFLEXION ÉPISTÉMOLOGIQUE : SAVOIR ET FICTION**

Dates erronées – Dédramatiser le temps – Roman et Histoire – Voir – Voir exige d'avoir vu – Pouvoirs de la philosophie.

80   **V. ORDRE, DÉSORDRE, DES ORDRES ?**

Désordres – Renverser le « désordre » ? – L'ordre de la Providence – L'ordre de la Nature – Valeurs – La magie sociale – Des ordres sociopolitiques – Le Désordre – Rêves d'harmonie – Le paradis d'Anaïs – Ni utopie ni désespoir.

98   **VI. LES *LETTRES PERSANES* ET LE ROMAN**

Condamnation du romanesque et du roman – « Mes *Lettres persanes* apprirent à faire des romans en lettres » – Techniques épistolaires – Fiction romanesque et philosophie – Chaînes de la religion – Paroles de croyants – Fictionnement et politique – Roxane et Zélis – La prison heureuse : Zélis et Anaïs – Vers un autre roman.

118   **CONCLUSION**

Régence et rococo – « Aube » ou « marges » des Lumières ? – *Sapere aude*.

DOSSIER

127 I. REPÈRES BIOGRAPHIQUES

129 II. REPÈRES HISTORIQUES

Chronologie — La Régence — Le Système de Law.

139 III. REPÈRES LITTÉRAIRES

L'observateur oriental : les *Amusements sérieux et comiques* de Dufresny — *L'Espion turc* de Marana : le modèle ? Le labyrinthe des « sources » — Quelques repères stylistiques.

152 IV. REPÈRES CRITIQUES. JALONS POUR UNE ÉTUDE DE LA RÉCEPTION DES *LETTRES PERSANES*

Les gazettes hollandaises — Marivaux — D'Argenson — L'abbé Gaultier — Fréron — Diderot — Marat — R. Laufer — J. Starobinski — J. Ehrard — G. Benrekassa — J. Goldzink.

174 V. REPÈRES BIBLIOGRAPHIQUES

DANS LA MÊME COLLECTION

Jean-Louis Backès   *Crime et châtiment* de Fédor Dostoïevski (40)
Emmanuèle Baumgartner   *Poésies* de François Villon (72)
Patrick Berthier   *Colomba* de Prosper Mérimée (15)
Philippe Berthier   *Eugénie Grandet* d'Honoré de Balzac (14)
Philippe Berthier   *La Chartreuse de Parme* de Stendhal (49)
Michel Bigot, Marie-France Savéan   *La cantatrice chauve / La leçon* d'Eugène Ionesco (3)
Michel Bigot   *Zazie dans le métro* de Raymond Queneau (34)
André Bleikasten   *Sanctuaire* de William Faulkner (27)
Madeleine Borgomano   *Le ravissement de Lol V. Stein* de Marguerite Duras (60)
Arlette Bouloumié   *Vendredi ou les Limbes du Pacifique* de Michel Tournier (4)
Marc Buffat   *Les mains sales* de Jean-Paul Sartre (10)
Claude Burgelin   *Les mots* de Jean-Paul Sartre (35)
Mariane Bury   *Une vie* de Guy de Maupassant (41)
Pierre Chartier   *Les faux-monnayeurs* d'André Gide (6)
Pierre Chartier   *Candide* de Voltaire (39)
Marc Dambre   *La symphonie pastorale* d'André Gide (11)
Michel Décaudin   *Alcools* de Guillaume Apollinaire (23)
Jacques Deguy   *La nausée* de Jean-Paul Sartre (28)
Béatrice Didier   *Jacques le fataliste* de Denis Diderot (69)
Carole Dornier   *Manon Lescaut* de l'Abbé Prévost (66)
Pascal Durand   *Poésies* de Stéphane Mallarmé (70)
Louis Forestier   *Boule de suif* suivi de *La Maison Tellier* de Guy de Maupassant (45)
Laurent Fourcaut   *Le chant du monde* de Jean Giono (55)
Danièle Gasiglia-Laster   *Paroles* de Jacques Prévert (29)
Jean-Charles Gateau   *Capitale de la douleur* de Paul Eluard (33)
Jean-Charles Gateau   *Le parti pris des choses* de Francis Ponge (63)
Henri Godard   *Voyage au bout de la nuit* de Céline (2)
Henri Godard   *Mort à crédit* de Céline (50)
Monique Gosselin   *Enfance* de Nathalie Sarraute (57)
Daniel Grojnowski   *À rebours* de Huysmans (53)
Jeannine Guichardet   *Le père Goriot* d'Honoré de Balzac (24)
Jean-Jacques Hamm   *Le Rouge et le Noir* de Stendhal (20)
Philippe Hamon   *La bête humaine* d'Émile Zola (38)
Geneviève Hily-Mane   *Le vieil homme et la mer* d'Ernest Hemingway (7)
Emmanuel Jacquart   *Rhinocéros* d'Eugène Ionesco (44)

- Caroline Jacot-Grappa *Les liaisons dangereuses* de Choderlos de Laclos (64)
- Alain Juillard *Le passe-muraille* de Marcel Aymé (43)
- Anne-Yvonne Julien *L'Œuvre au Noir* de Marguerite Yourcenar (26)
- Thierry Laget *Un amour de Swann* de Marcel Proust (1)
- Thierry Laget *Du côté de chez Swann* de Marcel Proust (21)
- Claude Launay *Les Fleurs du mal* de Charles Baudelaire (48)
- Jean-Pierre Leduc-Adine *L'Assommoir* d'Émile Zola (61)
- Marie-Christine Lemardeley-Cunci *Des souris et des hommes* de John Steinbeck (16)
- Marie-Christine Lemardeley-Cunci *Les raisins de la colère* de John Steinbeck (73)
- Olivier Leplatre *Fables* de Jean de La Fontaine (76)
- Claude Leroy *L'or* de Blaise Cendrars (13)
- Henriette Levillain *Mémoires d'Hadrien* de Marguerite Yourcenar (17)
- Henriette Levillain *La Princesse de Clèves* de Madame de la Fayette (46)
- Jacqueline Lévi-Valensi *La peste* d'Albert Camus (8)
- Jacqueline Lévi-Valensi *La chute* d'Albert Camus (58)
- Marie-Thérèse Ligot *Un barrage contre le Pacifique* de Marguerite Duras (18)
- Marie-Thérèse Ligot *L'amour fou* d'André Breton (59)
- Éric Lysøe *Histoires extraordinaires, grotesques et sérieuses* d'Edgar Allan Poe (78)
- Joël Malrieu *Le Horla* de Guy de Maupassant (51)
- François Marotin *Mondo et autres histoires* de J. M. G. Le Clézio (47)
- Catherine Maubon *L'âge d'homme* de Michel Leiris (65)
- Jean-Michel Maulpoix *Fureur et mystère* de René Char (52)
- Alain Meyer *La condition humaine* d'André Malraux (12)
- Jean-Pierre Morel *Le procès* de Kafka (71)
- Pascaline Mourier-Casile *Nadja* d'André Breton (37)
- Jean-Pierre Naugrette *Sa Majesté des mouches* de William Golding (25)
- François Noudelmann *Huis-clos* suivi de *Les mouches* de Jean-Paul Sartre (30)
- Jean-François Perrin *Les confessions* de Jean-Jacques Rousseau (62)
- Bernard Pingaud *L'Étranger* d'Albert Camus (22)
- Jean-Yves Pouilloux *Les fleurs bleues* de Raymond Queneau (5)
- Jean-Yves Pouilloux *Fictions* de Jorge Luis Borges (19)
- Frédéric Regard *1984* de George Orwell (32)
- Pierre-Louis Rey *Madame Bovary* de Gustave Flaubert (56)
- Anne Roche *W* de Georges Perec (67)
- Mireille Sacotte *Un roi sans divertissement* de Jean Giono (42)
- Mireille Sacotte *Éloges* et *La Gloire des Rois* de Saint-John Perse (79)
- Marie-France Savéan *La place* suivi de *Une femme* d'Annie Ernaux (36)
- Michèle Szkilnik *Perceval* ou *Le Conte du Graal* de Chrétien de Troyes (74)
- Marie-Louise Terray *Les chants de Maldoror - Lettres - Poésie I et II* d'Isidore Ducasse Comte de Lautréamont (68)

Claude Thiébaut *La métamorphose et autres récits* de Franz Kafka (9)
Michel Viegnes *Sagesse - Amour - Bonheur* de Paul Verlaine (75)
Marie-Ange Voisin-Fougère *Contes cruels* de Villiers de L'Isle Adam (54)

À PARAÎTRE

José-Luis Diaz *Illusions perdues* de Balzac
Guy Rosa *Quatre-vingt-treize* de Victor Hugo

COLLECTION FOLIO

Dernières parutions

3087.	Jean Maillart	Le Roman du comte d'Anjou.
3088.	Jorge Amado	Navigation de cabotage. Notes pour des mémoires que je n'écrirai jamais.
3089.	Alphonse Boudard	Madame... de Saint-Sulpice.
3091.	William Faulkner	Idylle au désert et autres nouvelles.
3092.	Gilles Leroy	Les maîtres du monde.
3093.	Yukio Mishima	Pèlerinage aux Trois Montagnes.
3095.	Reiser	La vie au grand air 3.
3096.	Reiser	Les oreilles rouges.
3097.	Boris Schreiber	Un silence d'environ une demi-heure I.
3098.	Boris Schreiber	Un silence d'environ une demi-heure II.
3099.	Aragon	La Semaine Sainte.
3100.	Michel Mohrt	La guerre civile.
3101.	Anonyme	Don Juan (scénario de Jacques Weber).
3102.	Maupassant	Clair de lune et autres nouvelles.
3103.	Ferdinando Camon	Jamais vu soleil ni lune.
3104.	Laurence Cossé	Le coin du voile.
3105.	Michel del Castillo	Le sortilège espagnol.
3106.	Michel Déon	La cour des grands.
3107.	Régine Detambel	La verrière.
3108.	Christian Bobin	La plus que vive.
3109.	René Frégni	Tendresse des loups.
3110.	N. Scott Momaday	L'enfant des temps oubliés.
3111.	Henry de Montherlant	Les garçons.
3113.	Jerome Charyn	Il était une fois un droshky.
3114.	Patrick Drevet	La micheline.
3115.	Philippe Forest	L'enfant éternel.
3116.	Michel del Castillo	La tunique d'infamie.

3117.	Witold Gombrowicz	*Ferdydurke.*
3118.	Witold Gombrowicz	*Bakakaï.*
3119.	Lao She	*Quatre générations sous un même toit.*
3120.	Théodore Monod	*Le chercheur d'absolu.*
3121.	Daniel Pennac	*Monsieur Malaussène au théâtre.*
3122.	J.-B. Pontalis	*Un homme disparaît.*
3123.	Sempé	*Simple question d'équilibre.*
3124.	Isaac Bashevis Singer	*Le Spinoza de la rue du Marché.*
3125.	Chantal Thomas	*Casanova. Un voyage libertin.*
3126.	Gustave Flaubert	*Correspondance.*
3127.	Sainte-Beuve	*Portraits de femmes.*
3128.	Dostoïevski	*L'Adolescent.*
3129.	Martin Amis	*L'information.*
3130.	Ingmar Bergman	*Fanny et Alexandre.*
3131.	Pietro Citati	*La colombe poignardée.*
3132.	Joseph Conrad	*La flèche d'or.*
3133.	Philippe Sollers	*Vision à New York*
3134.	Daniel Pennac	*Des chrétiens et des Maures.*
3135.	Philippe Djian	*Criminels.*
3136.	Benoît Duteurtre	*Gaieté parisienne.*
3137.	Jean-Christophe Rufin	*L'Abyssin.*
3138.	Peter Handke	*Essai sur la fatigue. Essai sur le juke-box. Essai sur la journée réussie.*
3139.	Naguib Mahfouz	*Vienne la nuit.*
3140.	Milan Kundera	*Jacques et son maître, hommage à Denis Diderot en trois actes.*
3141.	Henry James	*Les ailes de la colombe.*
3142.	Dumas	*Le Comte de Monte-Cristo I.*
3143.	Dumas	*Le Comte de Monte-Cristo II.*
3144		*Les Quatre Évangiles.*
3145	Gogol	*Nouvelles de Pétersbourg.*
3146	Roberto Benigni et Vicenzo Cerami	*La vie est belle.*
3147	Joseph Conrad	*Le Frère-de-la-Côte.*
3148	Louis de Bernières	*La mandoline du capitaine Corelli.*

3149 Guy Debord	*"Cette mauvaise réputation..."*
3150 Isadora Duncan	*Ma vie.*
3151 Hervé Jaouen	*L'adieu aux îles.*
3152 Paul Morand	*Flèche d'Orient.*
3153 Jean Rolin	*L'organisation.*
3154 Annie Ernaux	*La honte.*
3155 Annie Ernaux	*« Je ne suis pas sortie de ma nuit ».*
3156 Jean d'Ormesson	*Casimir mène la grande vie.*
3157 Antoine de Saint-Exupéry	*Carnets.*
3158 Bernhard Schlink	*Le liseur.*
3159 Serge Brussolo	*Les ombres du jardin.*
3161 Philippe Meyer	*Le progrès fait rage. Chroniques 1.*
3162 Philippe Meyer	*Le futur ne manque pas d'avenir. Chroniques 2.*
3163 Philippe Meyer	*Du futur faisons table rase. Chroniques 3.*
3164 Ana Novac	*Les beaux jours de ma jeunesse.*
3165 Philippe Soupault	*Profils perdus.*
3166 Philippe Delerm	*Autumn*
3167 Hugo Pratt	*Cour des mystères*
3168 Philippe Sollers	*Studio*
3169 Simone de Beauvoir	*Lettres à Nelson Algren. Un amour transatlantique. 1947-1964*
3170 Elisabeth Burgos	*Moi, Rigoberta Menchú*
3171 Collectif	*Une enfance algérienne*
3172 Peter Handke	*Mon année dans la baie de Personne*
3173 Marie Nimier	*Celui qui court derrière l'oiseau*
3175 Jacques Tournier	*La maison déserte*
3176 Roland Dubillard	*Les nouveaux diablogues*
3177 Roland Dubillard	*Les diablogues et autres inventions à deux voix*
3178 Luc Lang	*Voyage sur la ligne d'horizon*
3179 Tonino Benacquista	*Saga*

Composition Traitext.
*Impression Bussière Camedan Imprimeries
à Saint-Amand (Cher), le 12 avril 1999.
Dépôt légal : avril 1999.
Numéro d'imprimeur : 991706/1.*
ISBN 2-07-040213-4./Imprimé en France.

80510